D1149057

Collection Zoombira

RICHARD PETIT

LA VICTOIRE DE DRAKMOR

Boomerang
Éditeur jeunesse

© 2008 Boomerang éditeur jeunesse inc.
Tous droits réservés. Aucune partie de ce livre ne
peut être copiée ou reproduite sous quelque forme
que ce soit sans l'autorisation écrite de Copibec.

Texte et illustrations de Richard Petit

Dépôt légal : Bibliothèque et Archives
nationales du Québec, 3e trimestre 2008

ISBN : 978-2-89595-337-1

Imprimé au Canada

Gouvernement du Québec – Programme de crédit
d'impôt pour l'édition de livres – Gestion SODEC

Boomerang éditeur jeunesse remercie la SODEC
pour l'aide accordée à son programme éditorial.

Nous reconnaissons l'aide financière du
gouvernement du Canada par l'entremise du
Programme d'aide au développement de l'industrie
de l'édition (PADIÉ) pour nos activités d'édition.

edition@boomerangjeunesse.com
www.boomerangjeunesse.com

À mes lecteurs et lectrices,
Ces 34 678 mots vous disent...
MERCI !

Prologue

Sachant son jeune ennemi arrivé à Drakmor, Khonte Khan avait ordonné une grande chasse à l'homme. Il avait promis à celui qui ramènerait la tête de Tarass Krikom au bout de sa lance le titre de vikhonte de Zoombira, titre honorifique que le récipiendaire pourrait transmettre à sa descendance. Dans la hiérarchie de son armée, le titre de vikhonte était juste sous celui de maître suprême. C'est donc dire à quel point Khonte Khan voulait en finir avec son ennemi.

À plusieurs reprises, les meilleurs parmi ses ograkks, des tueurs sans pitié, avaient presque réussi à tuer Tarass et ses compagnons, mais chaque fois, le jeune guerrier et ses amis étaient sortis victorieux de ces escarmouches sanglantes. Pour éviter d'être retrouvé, Tarass enterrait dans des fosses recouvertes de terre et de pierres les corps ensanglantés des créatures tuées.

Les mois avaient passé et les vallées de Drakmor étaient maintenant recouvertes à perte de vue des armées rapatriées de Khan. Le gris terne de la peau des ograkks se mêlait à la teinte verdâtre de celle des dinosaures et le tout formait une masse grouillante qui colorait l'horizon noir du territoire de Khonte Khan. Ce tableau avait inspiré un profond dégoût à Tarass, qui avait qualifié l'armée du conquérant de « vomissure de Khan ».

Cette dernière était composée de dizaines de milliers d'ograkks, de zarkils et de lézards géants de la contrée de Jurassium. Réunies, ces créatures cruelles et féroces constituaient une force de frappe que rien ne semblait pouvoir arrêter.

Les ograkks, véritables massacreurs à quatre bras, possédaient des machines de guerre très sophistiquées : des catapultes à longue portée et des tours d'attaque. Ces dernières étaient de hautes et solides constructions métalliques qui pouvaient être déplacées sur les champs de bataille grâce à un immense zarkil caché et protégé dans leur base. Juchés très haut sur ces tours, hors de portée, les ograkks pouvaient à leur guise arroser l'ennemi de flèches empoisonnées.

Jusqu'à la ligne d'horizon donc, ne se déployaient sous les yeux de Tarass que les troupes de Khan, monstres sanguinaires articulant d'affreuses machines de guerre... Pas le moindre allié...

Pourtant, de nombreux sabliers s'étaient écoulés depuis l'arrivée de Tarass, Kayla, Trixx et Marabus dans l'hostile contrée de Drakmor. Des mois et des mois à attendre, sans perdre espoir, l'arrivée de leurs alliés, des rencontres faites au fil des contrées traversées qui avaient donné lieu à de véritables amitiés. Ils avaient juré de se joindre à eux lorsque le temps de la dernière bataille serait venu, mais l'horizon ne donnait aucun signe que ce serment serait honoré…

Rageur, Tarass n'en pouvait plus d'attendre. Il observait, impuissant, les troupes de Khan qui continuaient à grossir et à avancer telle une grande vague noire et mortelle. Elles étaient prêtes à déferler sur quiconque oserait faire obstacle au plan de conquête et de destruction du conquérant.

Le regret de ne pas être passé à l'action aussitôt parvenu à Drakmor ne cessait de hanter Tarass, jour et nuit. De plus, il était maintenant convaincu que les sifflets de Rhakasa n'étaient qu'une autre ruse ou tactique militaire des forces du mal, un habile stratagème ayant pour but de faire croire aux alliés des contrées de l'atoll de Zoombira qu'une alliance se formait contre l'envahisseur. Comment Tarass aurait-il pu prévoir ce coup de maître si minutieusement préparé des siècles auparavant ?

Pour espérer sortir vainqueur de cette grande guerre, fallait-il que Tarass devine et prévoie chacune des actions de Khan ? Était-ce possible ? D'ailleurs, Tarass en était-il capable ? Était-il vraiment celui que les prophéties de toutes les contrées de l'atoll annonçaient comme le sauveur de Zoombira ? Ce jour-là, même le jeune guerrier en doutait…

JAPONDO

LAGOMIAS

ÉGYPTIOS

INDIE

AZTEKA

DRAKMOR

ROMIA

GRECCIA

LA CONTRÉE
OUBLIÉE

N

O

S

Défaite ou victoire ?

La rage entre les dents, Tarass pestait. Il descendit rapidement la pente pour se mettre hors de vue des troupes d'ograkks. Les créatures de Khan passaient seulement à quelques mètres au pied du versant de la montagne opposé à celui où il s'était réfugié avec ses amis.

— DES OGRAKKS ! DES OGRAKKS ! ET ENCORE DES OGRAKKS ! hurlait-il.

Trixx était allongé sur sa couverture et profitait du soleil matinal. Il bondit sur ses pieds en entendant son ami.

— Arrête de crier, tu vas nous faire repérer ! lui ordonna-t-il.

Trixx leva ensuite les yeux vers le ciel et prêta l'oreille. Le son des pas des troupes de Khan était régulier ; elles poursuivaient leur marche. Tarass faisait les cent pas devant ses trois amis. Marabus savait que rien ne pouvait plus retenir la fougue du jeune guerrier, pas même sa magie.

— Pourquoi ne sommes-nous pas allés directement au château de Khan lorsque nous en avions la chance ? POURQUOI ? demanda-t-il avec un vif regret. Après tout ce que nous avons traversé depuis notre départ de Lagomias, c'est impardonnable ! Quel idiot je suis.

Kayla se leva de la grosse pierre où elle était assise près de Marabus et alla vers lui.

— Si tu es un idiot, nous le sommes tous ! déclara-t-elle pour le calmer. Qui aurait pu se douter que toute cette histoire de sifflets de Rhakasa n'était qu'un coup monté ? PERSONNE ! Même Marabus, ma tante, y a cru…

Cette dernière, assise sur la grosse pierre, acquiesça d'un signe de tête.

— Personne ne pouvait démasquer cette supercherie, renchérit-elle pour rassurer Tarass.

Mais le jeune homme était imperméable à leurs propos.

— ET CE FOUTU BOUCLIER !

Tarass envoya au loin d'un coup de pied son arme magique. Trixx, Kayla et Marabus grimacèrent devant le manque de respect soudain de Tarass envers son bouclier, qui lui avait sauvé la vie si souvent au cours des derniers mois.

— CE BOUCLIER DE MALHEUR M'A PEUT-ÊTRE ÉTÉ DONNÉ POUR QUE JE PUISSE CREUSER MA TOMBE AVEC !

Il se tourna vers Kayla.

— NON ? ajouta-t-il.

Il s'agissait d'une question. Kayla ne savait pas quoi lui répondre.

— D'ailleurs, n'est-ce pas la seule chose que je peux faire avec cette arme stupide… CREUSER DES TROUS ?

Trixx se dirigea lentement vers le bouclier et le ramassa. Puis, il se tourna vers son ami.

— Est-ce que tu sais quel jour nous sommes ? lui demanda-t-il.

Le regard un peu perdu, Tarass fixa Trixx. Il ne comprenait pas le but de sa question.

— Quoi ? lança-t-il. C'est la journée nationale des idiots ? FAITES-MOI UN GÂTEAU !

Kayla hocha la tête de découragement.

— Aujourd'hui, reprit Trixx, ça fait exactement trois ans que nous sommes partis… TROIS ANS ! Tu imagines ? Tu te rappelles tout ce que nous avons vécu ? Ça ne peut pas avoir été pour rien, c'est absurde.

Les paroles de Trixx firent réfléchir Tarass. Le jeune et bouillant guerrier pouvait quelquefois s'emporter, mais sa force de caractère le ramenait toujours à la raison. Il songea à Khan, ce conquérant sanguinaire. Il pensa aussi à ses parents qui l'attendaient à Moritia, et enfin à Ryanna. En son for intérieur, Tarass savait maintenant, parce que les alliés n'étaient pas venus, que tout allait dépendre de lui et de ses trois amis de quête. Et ces derniers avaient autant besoin de lui que lui avait besoin d'eux. Il devait absolument se ressaisir. Mais il était de plus en plus convaincu que les chances de remporter le combat contre Khan étaient minces, voire presque nulles.

Kayla, debout tout près de lui, posa sa main sur son épaule. Il campa son regard dans le sien. Ses magnifiques yeux noisette traversèrent tout à coup le cœur de Tarass. Il s'approcha encore plus d'elle et l'entoura de ses bras. Kayla enroula aussi ses bras autour de lui. La bouche tout près de l'oreille de Tarass, elle ne put retenir ces mots qui ne demandaient qu'à être prononcés depuis si longtemps.

— Je t'aime.

Tarass la serra très fort contre lui…

Trixx et Marabus, qui observaient la scène en souriant, n'entendirent pas les paroles de la jeune fille.

Tarass s'écarta de son amie sans répondre à la grande déclaration qu'elle venait de lui faire. Kayla baissa la tête devant la froideur avec laquelle Tarass avait reçu cet aveu.

Le jeune guerrier se dirigea ensuite vers son ami Trixx pour reprendre son bouclier.

— Tu t'es trompé, Bleu. Aujourd'hui, ce n'est pas l'anniversaire de notre départ de Lagomias.

Trixx leva les sourcils en signe d'in-compréhension.

— C'est le jour de la dernière grande bataille !

Tarass se tourna ensuite vers Kayla et Marabus.

— Bon ! s'exclama-t-il en passant le bras derrière la sangle de son bouclier. Voyons voir s'il est possible de transformer une apparente défaite en victoire.

Ses trois amis le regardèrent d'un air étonné et curieux.

— Après tout…, poursuivit Tarass qui semblait maintenant à la fois résigné et confiant, ce ne sont que deux simples mots…

* * *

Au pied du donjon, la plus haute tour du château, plusieurs ograkks étaient affai-rés à terminer l'érection d'une curieuse structure. Un échafaud constitué de troncs d'arbre s'élevait très haut. Il était adossé à la tour et faisait face à l'horizon. De cet endroit, il était stratégiquement possible d'observer l'ennemi s'il osait se présenter et s'il avait la chance d'atteindre le château. Mais cette étrange armature en bois allait servir à autre chose qu'un simple poste de vigie, à quelque chose de beaucoup plus diabolique.

Un des ograkks très haut perchés fit un signe de la main à Krodor. Il lui signifiait que la structure était terminée. Krodor, l'ograkk qui attendait au pied de la tour, était le chef de la garde, le plus ancien ograkk de Khan et son préféré.

Krodor répondit à l'ograkk en grommelant, puis il s'éloigna pour entrer dans le château.

Dans la salle du trône, Khan observait son état-major d'un air mauvais, avec une soif de vengeance grandissante. Tous ses commandorks étaient là, autour de lui, transformés en statues de pierre par cet insecte de Tarass Krikom. Khan les avait fait placer près de son trône pour ne pas oublier à quel point il détestait son jeune ennemi. Oui ! Ils étaient tous là, figés dans la pierre par la ruse de Tarass, qui était parvenu à les pétrifier en utilisant les miroirs de surveillance de Khan et la tête décapitée de la méduse.

Quelques grains de sablier plus tard, Krodor entra en trombe dans la salle. Gorbo, le gros chien de garde mutant de Khonte Khan, était posté à l'entrée. Lorsqu'il aperçut Krodor qui entrait, il bondit et lui happa un poignet.

— GRAOOO ! LÂCHE-MOI, ESPÈCE DE SALE CABOT ! hurla de douleur l'ograkk. JE VAIS TE MONTRER UNE FOIS POUR TOUTES !

Khan se leva promptement de son trône.

— NON !

Krodor, qui avait levé son poing fermé au-dessus de la tête du chien, stoppa son geste.

— Mon cher Krodor, tu as quatre bras ! Même si Gorbo t'en mange un, il t'en restera trois… C'est tout de même un de plus que ces insectes nuisibles que sont les habitants de l'atoll.

Krodor n'était pas du tout d'accord. Qui le serait d'ailleurs ? Personne. Khan s'approcha d'un air intimidant vers son cabot.

— Tout doux ! Tout doux, mon beau !

Plus laid que ce molosse ? C'était

impossible. Mais Khan aimait plus que tout cette bête complètement affreuse.

Gorbo ouvrit lentement sa puissante mâchoire et regarda Krodor d'un air menaçant. Ce dernier se frotta le poignet en grimaçant, car la douleur était très vive. Khan fit claquer ses doigts et pointa ensuite son trône. La tête baissée, la queue entre ses pattes, Gorbo alla prendre sa place habituelle à la droite du trône de son maître.

Khan suivit son chien des yeux et tourna ensuite la tête vers Krodor.

— C'EST PRÊT ? devina-t-il avant que son ograkk l'informe que l'érection de la structure était terminée.

Krodor hocha la tête affirmativement.

— Oui ! Tout est fin prêt.

Khan tourna les talons et alla se rasseoir. Gorbo se colla sur la jambe de son maître qui aussitôt se mit à lui caresser la tête.

— Va la chercher ! intima Khan à son préféré. Allez, dépêche-toi !

Mais au lieu de partir, Krodor s'approcha craintivement de Khan.

— Vous êtes certain de ce que vous voulez faire, maître ? osa questionner l'ograkk. Si jamais ils parviennent jusqu'à nous et que le château est attaqué, Ryanna pourrait être blessée, juchée et attachée là-haut, sur les pierres de votre donjon.

— Elle sera encore plus belle avec quelques cicatrices, lui dit Khan.

— Elle pourrait même être tuée ! ajouta Krodor. C'est très risqué.

— MAIS SOMBRE IDIOT ! s'emporta Khan devant le peu d'intelligence que démontrait son ograkk préféré.

Khan se leva de son siège royal. Krodor recula d'un pas.

— Pourquoi penses-tu que je t'ai demandé de l'attacher à cet endroit ? tenta de lui faire saisir Khan. Si jamais ils se rendent jusqu'ici, ils n'oseront pas utiliser nos propres catapultes contre nous, puisque cette jeune démone sera suspendue sur la façade du château, juste sous leurs yeux. Tu oublies que c'est aussi pour elle que ce minable Tarass est venu jusqu'à nous.

L'ograkk commençait à comprendre.

— Et si jamais elle meurt pendant les hostilités, ajouta Khan, c'est parce que je l'aurai tuée moi-même. Perchée au-dessus de la plus haute tour, elle sera une cible facile, très facile pour moi…

Krodor hocha la tête.

— Oui ! Quelle bonne stratégie, maître.

Khan retourna s'asseoir sur son trône.

— Va la chercher, commanda-t-il de nouveau, et fais ce que je t'ai demandé…

2

L'embuscade

Juchés tous les quatre sur une colline, et couchés sur le ventre afin de ne pas être repérés, Tarass, Kayla, Trixx et Marabus examinaient la voie qui s'ouvrait devant eux. Une petite plaine sinueuse parsemée de broussailles menait presque en ligne droite jusqu'au château de Khan, visible au loin. Cette longue plaine était bordée de part et d'autre d'une chaîne de montagnes, de l'autre côté desquelles se trouvaient les troupes d'ograkks qui progressaient vers le château. Marabus analysait la situation…

— Je trouve un peu étrange que les ograkks n'utilisent pas cette route, dit-elle. Elle est plane et sans obstacle contrairement à celle qu'ils empruntent.

Tarass s'était fait la même réflexion, mais il avait cependant une hypothèse.

— C'est peut-être parce que ce passage est trop mou et constitué de sables mouvants. Vous avez remarqué la couleur du sol ? Il est d'un beige très clair, comme s'il venait tout juste d'être remué. C'est plutôt surprenant, non ?

Kayla, Trixx et Marabus acquiescèrent, préoccupés eux aussi.

— Moi, je déteste les sables mouvants ! se plaignit Trixx. Plus tu bouges pour tenter de t'en sortir, plus tu t'enfonces. Ensuite, le sable pénètre dans tes narines et se glisse jusqu'à tes poumons, et c'est à ce moment que tu meurs dans d'horribles souffrances…

Kayla regarda Trixx d'une mine déconfite.

— Alors, poursuivit-il, nous avons un véritable dilemme : pour nous rapprocher du château, nous avons le choix entre le sable dans nos poumons ou les épées des ograkks dans notre cœur. C'est vraiment une question qui nous prend aux tripes, n'est-ce pas ?

Kayla se tourna vers lui.

— Merci beaucoup pour la description ! lança-t-elle. Toi, tu as une façon assez particulière de nous remettre en pleine face notre triste fatalité, tu sais.

Tarass se leva et se dirigea, le dos courbé, vers la petite plaine.

— Nous allons tenter notre chance avec le sable, proposa Tarass sans demander l'avis des autres. Il faut éviter les bagarres si nous voulons conserver nos forces jusqu'à notre arrivée au château.

Tous se montrèrent d'accord avec lui.

— Il ne doit pas y avoir QUE des sables mouvants dans ce passage, réfléchit Tarass à voix haute. On pourra certainement trouver des endroits où poser les pieds. Ça ne peut pas être mou partout, sinon les montagnes ne resteraient pas en place comme ça, hors du sol. Elles s'enfonceraient aussi !

— Ça ne peut pas être mou partout ! répéta Trixx qui se leva pour imiter son ami. Ça me rappelle ce que mon père me disait toujours : « Trixx, tu ne peux pas passer ton temps avachi sur le hamac à lire tes L.D. Tu dois faire de l'exercice et te faire des muscles, mon fils, et devenir très fort. Tu ne peux pas être mou partout ! »

— SILENCE ! lui ordonna Marabus. Tu oublies où nous sommes… Drakmor n'est pas un endroit où l'on peut se permettre de blaguer comme ça.

Offensé, Trixx s'immobilisa pour attendre Kayla qui arrivait vers lui.

— Mais qu'est-ce qu'elle a, ta tante ? Elle se croit la patronne ou quoi ?

Kayla passa près de lui.

— Mais non ! Allez, grouille-toi ! C'est juste que, enfin, tu sais… C'est la dernière contrée et nous sommes seuls. Et selon les pierres de Rutuf, l'un de nous ne reviendra pas en vie, moi à ce qu'il semble… Alors toutes ces considérations mises ensemble font que ce n'est pas une bonne journée, c'est tout.

L'air moqueur que Trixx arborait quitta son visage.

— Allez ! Tu viens ? répéta-t-elle.

Trixx attrapa son bras pour l'arrêter. Ensuite, il campa son regard dans le sien.

— Hé ! en passant, si tu crois que je vais laisser Khan, ou l'un de ses stupides ograkks, te faire du mal, tu te trompes, Kayla Xiim, tu te trompes complètement.

Lorsque Kayla leva sa jambe pour se mettre en marche, Trixx l'arrêta encore.

— Tarass et toi, vous êtes mes amis, et je ferai tout pour vous… TOUT !

Le regard embué de Trixx désarma Kayla.

— Je sais ce que tu éprouves pour Tarass, lui dit Trixx. Je le sais très bien.

Kayla baissa les yeux. Trixx continua.

— Et tes sentiments pour lui n'ont pas diminué du tout depuis notre départ. C'est tellement évident qu'un aveugle pourrait le voir…

Kayla sourit et releva la tête vers son ami, puis elle regarda dans la direction de Tarass, qui avait presque atteint le début du passage.

— Je… ne les… laisserai… jamais faire, est-ce que tu m'as compris ? lui répéta Trixx, la rage entre les dents… JAMAIS !

Kayla colla ses lèvres sur la joue de son ami.

— Merci ! souffla-t-elle doucement.

Trixx lâcha enfin le bras de Kayla.

— Bon ! Allons-y ! lança-t-il en laissant passer son amie devant lui. Il y a des gueules de dinosaures à casser, des bras d'ograkks à disloquer et un monarque à détrôner. Nous avons une très grosse journée devant nous…

* * *

Krodor descendait les dernières marches humides des bas-fonds du donjon lorsqu'il fut apostrophé par Ikkor, le gardien de la prison du château.

— CHEF ! CHEF !

Krodor sursauta.

— CETTE GARCE M'A MORDU !

Krodor dévisagea le gardien, puis se pencha vers lui pour regarder sa blessure.

— VOUS CROYEZ QU'ELLE M'A EMPOISONNÉ, CETTE DÉMONE ? Est-ce que je vais mourir ?

— PFFFF ! souffla Krodor en apercevant les petites marques de dents de Ryanna sur la peau du gardien. ESPÈCE DE PLEUTRE !

— Ce n'est qu'une égratignure ! Regarde plutôt ceci !

Krodor tendit son bras blessé et ensanglanté vers le gardien.

Le gardien crispa les yeux en apercevant l'immense blessure du chef de la garde.

— ÇA, C'EST UNE MORSURE ! précisa ce dernier au gardien.

Ikkor grimaça encore plus.

— Mais quel animal peut bien vous avoir mordu ainsi, chef ?

— C'est ce foutu cabot que notre maître aime tant. Je te promets que lorsque l'occasion se présentera, lorsque Khan sera parti dans l'un de ses pèlerinages de sorcellerie, je vais faire cuire ce chien de malheur sur un grand feu et je vais le manger avec appétit. Il ne restera que les os que je ferai broyer. De cette façon, j'en serai complètement débarrassé.

Les yeux du gardien s'agrandirent d'envie.

— Est-ce que vous allez m'inviter à ce festin ?

Ikkor se pourléchait les babines. Krodor lui administra une taloche autoritaire derrière la tête.

— CESSE DE DIRE DES BÊTISES

ET OUVRE LA PORTE ! TOUT DE SUITE ! NOUS AVONS À FAIRE !

Le gardien introduisit la clé dans la serrure et ouvrit la grille.

— Faites très attention, chef, elle est aussi rapide qu'un tigron.

Ryanna était assise par terre. Sa belle robe blanche était sale et son visage portait encore les marques de sa dernière rencontre avec Khan. Elle leva la tête vers Krodor. Ses longs cheveux blonds cachaient son visage. Elle le regardait à travers sa chevelure avec un grand mépris.

— Tiens, tiens, tiens ! s'exclama-t-elle sur un ton très irrespectueux. Si ce n'est pas le lèche-botte par excellence de Sa Majesté, Khonte… CRASSE ! Tu es la plus belle langue de tout l'atoll, à ce que l'on raconte. Krodor, n'est-ce pas ? Ou est-ce que ton nom ne serait pas plutôt… CROTTE D'OR !

Le visage de Krodor devint écarlate. Il empoigna Ryanna et la souleva avec ses puissants bras au-dessus du sol crasseux de la cellule. Ses deux pieds dénudés ne touchaient plus terre.

— Tu es très chanceuse d'avoir été choisie par mon maître pour devenir sa femme, parce que je t'aurais tout de suite ouvert le ventre et montré tes tripes ! marmonna-t-il entre ses dents à moitié pourries.

La bouche de Krodor n'était qu'à deux centimètres du nez de Ryanna. Elle ferma les yeux de dégoût.

— Tu peux m'ouvrir en deux si tu veux et me tuer, pourvu que tu cesses de respirer devant mon visage. Non, mais quelle haleine tu as, vraiment ! UNE HALEINE DE FOND D'ÉGOUT !

Krodor souleva Ryanna au bout de ses bras et la projeta violemment dans le passage. Face contre terre, elle murmura un faible merci avant de s'évanouir.

Krodor poussa un soupir d'insatisfaction.

— Ah non ! Cette démone est encore inconsciente.

Il s'approcha d'elle.

— AIDE-MOI À LA SOULEVER ! ordonna-t-il ensuite au gardien Ikkor. Nous devons la transporter jusqu'à l'échafaud et

l'attacher au mur du donjon… ALLEZ !
GROUILLE-TOI !

* * *

Arrivé au pied de la montagne, Tarass
s'arrêta pour examiner le sol. Il semblait
dur et solide, comme un sol normal. Il tendit le bras et toucha la surface avec la
pointe de son bouclier. Son arme ne s'en-
fonça pas dans le sol. Il posa lentement son
pied droit, et ensuite son pied gauche.
Marabus l'observait, prête à intervenir si
par malheur il s'enfonçait.

De longs grains du sablier s'écoulèrent
et Tarass se tenait toujours debout sur le
sol.

— Bon ! Cette partie de la plaine est
tout ce qu'il y a de plus solide.

— Ooooh, que je n'aime pas ça ! s'exclama Trixx, incertain tout à coup du choix
qu'ils avaient fait.

Tarass se tourna vers lui.

— Et moi, je n'aime pas ça lorsque tu
dis que tu n'aimes pas ça, lui avoua-t-il,
maintenant aussi inquiet que son ami,

parce que chaque fois, il se passe quelque chose.

— Qu'est-ce que tu veux, je suis comme doué d'un sixième sens, lui expliqua Trixx.

— La moitié d'un sixième sens, tu veux dire. Tu as cinq sens et demi, toi.

— Pourquoi dis-tu cela ? C'est quoi, cette moitié de sens ?

Tarass se tourna et se mit à examiner le sol autour de lui. Ensuite, il posa de nouveau le bout de son bouclier.

— Parce que tu dis toujours qu'il va se passer quelque chose, mais tu ne sais jamais quoi exactement, lui expliqua enfin Tarass. Alors, tu ne possèdes qu'une « à peine suffisante » moitié d'un sixième sens.

Tarass fit ensuite un pas devant lui.

— Allez ! Suivez mes traces.

— Nous allons tomber dans une embuscade, je le sens ! tenta en vain de les prévenir Trixx. C'est mon demi-sens qui me le dit.

Une dizaine de pas plus tard…

— C'est trop long ! s'impatienta Marabus. Nous n'y arriverons jamais. Il faudrait piquer à travers la plaine au lieu de contourner le pied des montagnes.

Tarass leva la tête vers le sommet des montagnes.

— Oui, mais si jamais un ograkk se poste au faîte de l'une d'elles pour faire le guet, nous serons à découvert.

— Ça va nous prendre des jours et des jours de cette façon, Tarass, insista Marabus. Si nous traçons une ligne directe, nous traverserons la vallée en quelques heures seulement.

Tarass se laissa convaincre par la grande mage. Il se déplaça vers le milieu de la plaine et fit un autre test avec son bouclier. Tout semblait sans danger. Il continua d'avancer et les autres lui emboîtèrent le pas en direction du centre de la plaine ouverte. Mais Tarass s'arrêta net en entendant un curieux sifflement. Kayla, Trixx et Marabus examinèrent nerveusement la cime des montagnes qui les entouraient. Il n'y avait aucun ograkk en vue. Pourquoi Tarass s'était-il arrêté alors ?

— Vous entendez ? leur demanda-t-il en portant sa main à son oreille.

Ses trois amis écoutèrent.

— Quoi ? voulut savoir Kayla. Tu parles de l'écho du bruit sourd des pas des ograkks ?

— Non !

Trixx se souleva sur le bout de ses pieds et cessa totalement de bouger pour tendre l'oreille. OUI ! Il parvenait à entendre la musique lointaine des sifflets de Rhakasa. Excité sur le coup, il se ravisa.

— AH, OUI ! C'est vrai, les sifflets, ces stupides instruments.

— NON ! NON ! Ce n'est pas cela…, souffla Tarass.

Il s'approcha d'un bosquet de petits arbustes desséchés, puis écarta les branches pour mieux voir. Il souleva ensuite son bras et fit discrètement signe à ses amis de s'approcher en silence. Ils s'exécutèrent sans faire le moindre bruit.

Au centre du bosquet était caché une sorte de tuyau fabriqué avec un gros bambou et par lequel entraient et sortaient constamment de grandes quantités d'air.

— Tu crois qu'il s'agit de la bouche d'aération d'un quelconque tunnel sous-terrain ? demanda Kayla à sa tante Marabus.

— Non ! Je ne crois pas, car l'air entre et ressort. S'il s'agissait d'une bouche d'aération, l'air entrerait ou sortirait, il ne ferait pas les deux. C'est autre chose…

Trixx approcha lentement son nez de la bouche du tuyau, puis recula aussitôt en grimaçant.

— Quoi ? demanda Tarass. Qu'est-ce que ça sent ?

Il voulut humer à son tour, mais Trixx l'en empêcha.

— Je vous l'avais dit que c'était une embuscade, se targua-t-il.

— C'EST QUOI ? insista Kayla.

Trixx se pencha et ramassa du sable avec ses deux mains.

— RECULEZ TOUS LES TROIS ET PRÉPAREZ VOS ARMES !

Les yeux agrandis d'incompréhension, Tarass, Kayla et Marabus se dévisageaient tous les trois.

— Ça va barder ! leur annonça Trixx. Préparez-vous !

Tarass plaça son bouclier devant lui, tandis que Kayla et Marabus brandissaient chacune un mandala. Trixx s'avança vers le tuyau et déversa le sable dans l'ouverture.

Un toussotement résonna aussitôt de sous la surface qui, soudain, se mit à bouger comme si un tremblement de terre la secouait.

Tous les quatre reculèrent pour se mettre à l'écart. La surface du sol s'éleva tout à coup dans un formidable nuage de poussière. Du sol, cachée dans l'ombre du nuage de poussière, une grande silhouette émergea.

— UN ZARKIL ! s'écria Trixx du plus fort qu'il le pouvait. UN ZARKIL !

Tarass connaissait la force que possédait cet humanoïde gigantesque. Il savait très bien que ce géant musclé à l'œil unique valait à lui seul une armée d'ograkks. Dos courbé, massue pourvue de pics mortels à la main, il avançait lourdement vers les quatre compagnons.

Kayla, qui reculait sans regarder où elle mettait les pieds, s'arrêta dans un autre bosquet au centre duquel était caché un autre tuyau de bambou.

— NON ! hurla-t-elle.

Tarass se tourna vers son amie.

— QUOI ?

— IL Y A UN AUTRE TUYAU ICI !

Tarass jeta un rapide coup d'œil circulaire et remarqua des dizaines de bosquets partout dans la plaine. Chacun d'eux devait sans doute cacher un tuyau, donc aussi un zarkil…

Sous les pieds de Kayla, le sol se mit à s'agiter, encore une fois. Un autre zarkil émergeait. Partout autour d'eux, des petites collines de sable apparaissaient.

La massue du premier zarkil frappa le sol juste devant Tarass alors qu'il tentait de contourner le géant. Le zarkil souleva son arme et frappa de nouveau. La massue heurta de plein fouet le bouclier de Magalu et se désintégra en milliers de petits morceaux de bois de la taille d'un cure-dents. Abasourdi, le zarkil resta figé devant sa main ouverte et désarmée.

Tarass souleva son bouclier et le planta dans le sol. Une large crevasse se forma aussitôt sous le géant, toujours figé de stupeur. Ses deux énormes pieds glissèrent et il tomba aussitôt dans le vide. Au dernier instant, il tendit le bras et attrapa la jambe de Kayla, qui tentait de s'écarter d'un autre zarkil qui sortait du sol sous ses pieds.

Le premier zarkil tirait Kayla vers lui. Lentement, il s'enfonçait dans la profonde crevasse créée par le bouclier magique de Tarass. Kayla grattait frénétiquement la surface du sol à la recherche d'une amarre de fortune, mais elle n'attrapait rien sur quoi ancrer ses doigts.

Brandissant sa lourde épée, Trixx bondit comme un félin dans sa direction et trancha d'un seul coup le poignet du zarkil, qui enfin tomba dans le trou profond.

Sauvée de la chute dans le gouffre, Kayla se releva aussitôt. À sa cheville était toujours accrochée la main gluante du géant. Oubliant momentanément ce détail morbide, elle fouilla dans son pactouille de mage pour un ressortir un mandala. Elle le chiffonna rapidement et le lança au loin avant de prononcer l'incantation.

— INGA-TRA-BAX !

Les sept zarkils qui se trouvaient dans le champ d'envoûtement du mandala se retrouvèrent aussitôt ensorcelés. Leurs mouvements étaient si lents et si ralentis qu'ils ressemblaient presque à des statues.

Tarass lança de toutes ses forces son bouclier dans leur direction. Son arme trancha la tête du premier, puis changea de direction pour se diriger ensuite vers le deuxième, le troisième et ainsi de suite. Les sept têtes des zarkils tranchées, le bouclier revint se planter à ses pieds, tel un chien fier d'avoir rapporté la branche que l'on lui avait lancée. Tarass ramassa son arme.

Du côté de Marabus, la bataille allait en faveur des zarkils. Quatre géants l'entouraient. Elle était coincée entre deux massues et deux haches gigantesques. Les zarkils, qui se gaussaient de façon grotesque, semblaient vouloir s'amuser avec elle avant de la décapiter. Leur gueule souriante et édentée se referma, puis soudain, ils soulevèrent simultanément chacun leur arme pour la frapper.

Marabus lança alors un parchemin au-dessus de sa tête, posa ses deux mains sur son visage pour cacher ses yeux et cria une incantation.

— BORRA-KAR-GORU !

De vifs éclairs jaillirent du mandala et s'en allèrent directement dans l'œil unique de chacun des géants. Le gros globe oculaire des zarkils éclata dans leur visage. Rendus fous par la douleur, et dépourvus de leur organe de la vue, ils se mirent tous les quatre à frapper tout autour d'eux en espérant heurter et tuer Marabus.

La grande mage se jeta sur le sol et rampa pour se mettre à l'écart. Devant elle, un zarkil trancha net la jambe d'un autre avec sa hache. Celui-ci, en s'affaissant de douleur sur le sol, laissa tomber sa massue sur un troisième qui eut le crâne fracassé. La massue de ce dernier virevolta dans les airs pour enfin aboutir sur la tête du premier zarkil. Le dernier géant, étourdi d'avoir tourné si longtemps sur lui-même afin de trouver Marabus, tituba et tomba à la renverse sur son ventre qui s'ouvrit au contact du tranchant de sa propre hache.

Tarass tendit la main à la mage pour l'aider à se relever.

— BEAU TRAVAIL, MARABUS ! BEAU TRAVAIL !

— OUI ! OUI ! TRÈS BEAU ! MAIS MAGNEZ-VOUS ! les pressa Trixx. IL Y EN A D'AUTRES QUI S'AMÈNENT EN COURANT.

Tarass et Marabus braquèrent ensemble leur regard au loin devant eux. Plus de cinquante zarkils enragés arrivaient en trombe en grognant, tout en brandissant des armes de toutes sortes.

— Ils sont beaucoup trop ! s'exclama le jeune guerrier.

Il leva ensuite les yeux vers la cime des montagnes. Le soleil l'aveuglait, mais il put voir des ombres qui bougeaient.

— NOOON ! laissa-t-il échapper.

Kayla, Trixx et Marabus levèrent eux aussi la tête en direction des montagnes.

— Je crois que ça grouille d'ograkks là-haut ! constata aussi Kayla, éblouie. Je crois qu'ils viennent également vers nous.

— Ça devient de plus en plus intéressant ! s'exclama Trixx en apercevant les centaines d'ennemis qui se ruaient vers eux.

— INTÉRESSANT, TU DIS ? répéta Marabus. Vous n'avez pas idée. TOURNEZ-VOUS !

Tous les trois sur le qui-vive, ils s'exécutèrent rapidement pour regarder derrière eux.

Au loin, un autre groupe de géants venait dans leur direction. Ils étaient des dizaines.

— D'AUTRES ZARKILS ! s'écria Kayla. NOUS SOMMES CERNÉS !

— C'est ici que nous allons probablement mourir, en déduisit Trixx, amer. Nous ne pourrons jamais nous échapper ni les combattre tous.

Lorsque Tarass fit un pas pour mieux voir les géants qui arrivaient derrière lui, ses yeux s'agrandirent soudain et un grand sourire traversa son visage d'une oreille à l'autre.

Ses amis ne comprenaient pas du tout pourquoi il se réjouissait d'être pris de cette façon en souricière.

Sous leur regard ahuri, Tarass se mit soudain à danser de joie, à tourner sur lui-même et à crier :

— LES SIFFLETS DE RHAKASA ! LES SIFFLETS DE RHAKASA !

— Quoi, les sifflets de Rhakasa ? demanda Trixx. Qu'est-ce qu'ils ont encore, ces foutus sifflets ?

— ILS ONT FONCTIONNÉ ! continua de crier Tarass. CE N'ÉTAIT PAS UNE SUPERCHERIE ! REGARDEZ !

Il avait cessé de s'agiter et il pointait maintenant la horde de géants qui s'amenait en courant.

— C'EST MON AMI, FIKOS ET FIQUOS ! LE GÉANT À DEUX TÊTES !

IL EST VENU DE LA CONTRÉE VOI-
SINE DE LAGOMIAS, AVEC TOUS LES
AUTRES GÉANTS, COMME IL ME
L'AVAIT PROMIS !

— TU AS DES AMIS GÉANTS ? s'exclama Kayla qui, abasourdie, avait peine à
le croire.

Tarass hocha la tête sans la regarder.

— OUI !

Son amie se tourna ensuite vers sa
tante, qui souriait à son tour.

— Cela signifie que tous les autres
vont arriver aussi ? comprit alors Kayla.

Marabus hocha la tête.

Trixx leva les yeux vers le ciel
lorsqu'un grondement lointain se fit
entendre. Tarass aussi scrutait le ciel. Tous
les deux reconnaissaient ce grondement
étrange et continu, qui n'était pas le bruit
du tonnerre ! Ils l'avaient entendu pour la
première fois lors de leur passage dans la
contrée oubliée. Ils examinèrent le ciel
jusqu'à ce qu'ils aperçoivent la curieuse
machine volante de Max.

Une double déflagration résonna. De
sous la machine volante, deux lances effilées furent décochées. Après à peine

quelques grains du sablier, elles frappèrent de plein fouet la cime d'une montagne et une terrible explosion s'ensuivit. Les corps de centaines d'ograkks furent projetés au loin par la déflagration et un passage s'ouvrit, un passage aussitôt emprunté par un flot de voitures folles.

— C'EST ALEX ! ZOÉ ! 4-TRINE ! ET TOUS LES AUTRES ! s'écria joyeusement Kayla.

Elle sauta dans les bras de Trixx.

— C'est le début de la fin pour Khan ! s'exclama Trixx qui venait de retrouver confiance. Il pencha la tête et se concentra.

Kayla comprit que son ami allait se transformer. Elle s'éloigna de lui et lança un mandala de barrage en direction des zarkils qui arrivaient.

— KILOU-FEE-VRO !

Le mur transparent s'éleva rapidement entre eux et les zarkils. Inconscients qu'un obstacle se dressait dans leur trajectoire, ils se frappèrent violemment l'un après l'autre contre le mur magique. Plusieurs tombèrent assommés, tandis que d'autres tournèrent en rond, étourdis par la force de l'impact.

Le corps de Trixx commençait à se modifier. Il se mit à grandir et à grandir. Sur son visage, ses deux yeux se joignirent pour n'en former qu'un seul. Lentement, il se transformait en zarkil bleu.

Venant de toutes les directions, zarkils et ograkks s'approchaient. Sa transformation complétée, Trixx sauta sur ses puissantes jambes, contourna le mur de Kayla, et sauta dans la mêlée. Tarass le suivit.

Restée derrière eux, pour éviter que les géants à deux têtes heurtent le mur eux aussi, Kayla se plaça devant l'obstacle et dirigea de chaque côté les géants qui arrivaient comme des boulets de canon.

Sur le flanc de la montagne, les bolides en furie d'Alex et de ses amis écrasèrent les ograkks par dizaines comme des cancrelats nuisibles.

Dans le ciel, l'avion de Max revint à la charge. De sous la carlingue de son F-18, quatre autres lances enflammées furent projetées. Elles filèrent à toute allure vers la plus haute montagne de la chaîne. L'explosion fut d'une telle puissance que la gigantesque masse rocheuse s'écroula sur les troupes de Khan. Des milliers d'ograkks furent ensevelis et tués, sans avoir même pu combattre.

Au sol, Marabus lança un autre mandala très loin devant elle et hurla dans la cohue une parole magique :

— JEL-PAULE-NAURD !

À proximité du mandala, plusieurs zarkils se transformèrent en pièces de glace. Marabus lança un deuxième parchemin et cria une autre incantation :

— TRAUPIC-SHA-LEURR !

Une puissante flamme jaillit de son mandala et fit fondre toutes les pièces de glace rapidement. Plus de vingt-cinq zarkils venaient d'être exterminés d'un seul coup.

Tarass frappait tout ce qui osait s'approcher de lui. Les corps des zarkils mêlés à ceux des ograkks commençaient à s'empiler un peu partout. Pas très loin de lui, il reconnut Fikos et Fiquos, son ami géant, qui se battait vigoureusement contre trois zarkils.

Puissant, le géant à deux têtes souleva l'un après l'autre ses adversaires et les laissa tomber tête première sur le flanc rocheux de la montagne. Il y avait du sang partout.

Près de Kayla, une vingtaine d'ograkks martelaient de tous les côtés un autre géant. Couvert de sang, le pauvre tomba sur ses genoux. Un ograkk l'acheva d'un coup de lance en plein cœur.

— NOOOON ! s'écria Kayla.

Le visage figé dans la mort, le géant s'affaissa sur le sol. Euphoriques, les ograkks se lancèrent maintenant vers la jeune mage.

Kayla plongea alors la main dans son sac de mage pour en ressortir un mandala qu'elle lança aussitôt après l'avoir chiffonné. Le bout de papier roula à quelques mètres devant elle. Lorsque le premier ograkk arriva à la hauteur du mandala, elle cria l'incantation :

— MOTRO-DOX-ERA !

Puis elle détourna son regard. Envoûtés par le sortilège de la jeune mage, les ograkks subirent une transformation mortelle : l'intérieur de leur corps se retrouva expulsé vers l'extérieur et tout ce qui était à l'extérieur se retrouva à l'intérieur, dans une cacophonie de bruits dégoûtants et de plaintes horribles.

La bataille dura encore plusieurs sabliers avant que les premiers ograkks quittent en lâches le champ de bataille. Tous les zarkils avaient cependant été exterminés par les amis de Fikos et Fiquos. Tarass, le corps recouvert d'éclaboussures de sang, administrait le coup fatal au dernier valeureux ennemi resté pour combattre. L'ograkk croula devant lui, mort...

* * *

Au pied de l'échafaudage, Krodor marmonnait son mécontentement et fulminait devant la grossière incompétence des ograkks.

— AÏE !

Ces derniers n'arrivaient pas à faire monter Ryanna au haut de la structure.

— CHEF ! CETTE DÉMONE M'A ENCORE MORDU ! s'écria une autre fois Ikkor, le gardien de la prison du donjon.

C'en était assez pour Krodor. Il se précipita vers l'échelle.

— Lorsqu'on veut que le travail soit bien fait, et rapidement, marmonna-t-il, blanc de colère, il faut le faire soi-même.

Il attrapa le premier barreau et se hissa pour monter. Il gravissait l'échelle rapidement lorsqu'il entendit tout à coup au loin un tumulte parmi l'une des troupes d'ograkks postés tout autour du château. Il s'arrêta et tourna la tête pour constater qu'il se passait quelque chose d'anormal dans l'un des campements les plus éloignés.

— QUOI ? NON ! s'exclama-t-il encore plus en rogne. Dites-moi que je rêve ! Je ne peux pas croire que Tarass est déjà arrivé ici ! Le maître va piquer une de ces colères…

Mais lorsque Krodor examina plus attentivement le campement au loin, il réalisa qu'il s'agissait d'autre chose. Il changea alors d'idée et entreprit de redescendre pour aller voir.

— AÏE ! AÏE ! ELLE M'A ENCORE MORDU ! se plaignit Ikkor une autre fois.

Sur le point de piquer une crise de nerfs, Krodor leva la tête vers la cime de l'échafaudage.

— BANDE D'INCAPABLES ! vociféra-t-il en redescendant. JE REVIENS DANS QUELQUES SABLIERS. SI VOUS N'ÊTES PAS PARVENUS À ATTACHER LA PRISONNIÈRE À LA TOUR DU DONJON À MON RETOUR, JE VOUS LIGOTE AVEC ELLE, ET VOUS SUBIREZ LE MÊME SORT.

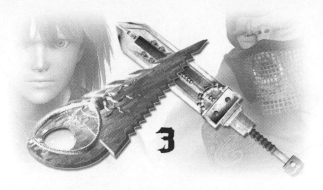

Amitié retrouvée

Appuyé sur son bouclier, le visage couvert de sang et de sueur, Tarass reprenait son souffle. Autour de lui s'étendait une grande désolation. Plusieurs centaines de corps entremêlés jonchaient le sol. Il avait tant de fois vu ce spectacle depuis son départ de Moritia qu'il était comme immunisé contre tout sentiment de dégoût ou de désir de célébrer une quelconque victoire.

Kayla et Marabus le rejoignirent. Elles étaient complètement épuisées. Les deux bras de Kayla pendaient devant elle. Marabus enroula affectueusement son bras autour du cou de sa jeune nièce.

— Beau travail ! lui souffla-t-elle dans l'oreille pour la féliciter.

Kayla était incapable de lui répondre ou de la remercier. Tarass remarqua, à quelques mètres de lui, l'épée bleue de Trixx par terre. Inquiet, il chercha son ami du regard. Ce dernier arrivait derrière Kayla et Marabus, encore sous la forme d'un zarkil. Il était accompagné de Fikos et Fiquos et d'un autre géant à deux têtes, qui l'escortaient de part et d'autre en le tenant sous les bras. Trixx se débattait.

— TIENS ! TIENS ! TIENS ! hurla de sa grosse voix rauque Fikos en reconnaissant Tarass. REGARDE, FIQUOS, QUI EST LÀ DEVANT NOUS !

Quelque peu intimidées, Kayla et Marabus s'écartèrent doucement. La deuxième tête du géant s'agitait et cherchait devant lui. Lorsque Fiquos aperçut Tarass, il éclata de rire.

— HA ! HA ! HA ! MAIS C'EST NOTRE VOLEUR DE LÉGUMES !

Fiquos faisait allusion au moment où, dans leur grotte, il avait trouvé Tarass caché dans le garde-manger.

— Nous avons capturé ce drôle de zarkil ! reprit Fikos en soulevant Trixx devant lui. Nous ne l'avons pas tué parce qu'il n'était pas comme les autres. Il est bleu, celui-là, vous avez remarqué ?

Fiquos riait… Tarass demeurait bouche bée tellement il était content de revoir le géant.

— Vous avez très bien fait, parce qu'il s'agit de notre ami Trixx, leur apprit Kayla.

— C'est un morphom, c'est-à-dire qu'il a la capacité de se transformer à sa guise en un autre humain, en animal ou en n'importe quelle créature, leur expliqua Tarass. Il peut aussi prendre la forme d'un objet, comme une épée, mais il serait condamné à garder cette apparence pour toujours.

Les deux géants lâchèrent Trixx qui, entre leurs énormes mains, reprenait lentement sa forme normale.

— Condamné ! Mais pourquoi ? demanda Fiquos.

— Pour qu'il puisse retrouver sa forme humaine, il doit être en mesure de penser, d'avoir une volonté. Puisqu'un objet n'a pas de cerveau, il serait alors incapable de retrouver sa forme humaine… Il ne faut donc jamais qu'il fasse une chose pareille. JAMAIS !

Aux pieds du géant, Trixx avait complètement repris sa forme humaine.

Le colosse baissa ses deux têtes.

— Mais, demanda Fiquos, tu n'aurais pas pu nous le dire lorsque nous t'avons attrapé ?

— OUAIS ! renchérit aussitôt Fikos.

La figure de Trixx était violette de colère. Il était en furie.

— PARCE QUE LORSQUE JE ME TRANSFORME, JE SUBIS TOUTES LES CARACTÉRISTIQUES, BONNES OU MAUVAISES, DE LA CRÉATURE DONT J'AI PRIS L'APPARENCE ! hurla-t-il.

La main du côté de Fikos gratta le dessus de la tête de Fiquos.

— Trixx veut dire qu'il aurait pu vous parler, si les zarkils parlaient, précisa Tarass.

— Oui ! poursuivit Trixx. Par exemple, si jamais je me métamorphosais en géant à deux têtes, je serais malheureusement… IDIOT !

Le géant crispa ses quatre yeux en signe d'incompréhension.

— Je sens que vous allez vous entendre, vous deux, euh… vous trois ! conclut Tarass.

Il s'approcha du géant qui aussitôt l'attrapa pour le hisser entre ses deux têtes.

— MES AMIS ! cria-t-il, les deux bras autour de leur cou. JE VOUS PRÉSENTE, À MA DROITE, FIKOS, ET À MA GAUCHE, FIQUOS !

— Mais ! remarqua Kayla. Vous portez le même prénom.

— Non ! firent les deux têtes du géant.

Kayla les regarda d'un air hébété.

— Mais oui ! Vous portez le même prénom !

— Non ! Moi, je suis Fikos et lui, c'est Fiquos.

— C'est bien cela ! Vous avez le même prénom, déclara à son tour Marabus.

— NON ! répéta Fikos. Nos prénoms se prononcent de la même façon, mais ne s'écrivent pas pareil. C'est beaucoup mieux comme ça…

— Ah bon ! Et si je vous appelle, qui répondra ?

— LUI ! répondirent les deux têtes en même temps.

Kayla, Trixx et Marabus ne comprenaient rien de ce charabia. Du haut de l'épaule du géant, Tarass riait et regardait ses amis.

— Comment as-tu fait pour arriver si vite ? demanda-t-il au colosse en se tournant vers Fikos. Tu as traversé l'atoll en à peine quelques mois. Nous, ça nous a pris des années.

— La musique des sifflets de Rhakasa a ouvert de grandes portes cachées dans tous les murs du labyrinthe, lui expliqua Fiquos.

Il leva son long bras pour pointer l'horizon.

— Il y a maintenant un passage ouvert depuis l'est…

Le géant pivota sur lui-même pour pointer dans l'autre direction.

— Jusqu'à l'ouest de l'atoll. Il te sera beaucoup plus facile de revenir chez toi maintenant.

Tarass tapota la nuque du géant pour que celui-ci le dépose sur la terre ferme, car ses amis de la contrée oubliée arrivaient avec le reste de la bande des géants. Leurs voitures stoppèrent à quelques mètres d'eux, dans un boucan d'enfer…

* * *

Krodor se fraya rapidement un chemin à travers les baraquements de fortune construits par les guerriers de Khan massés en troupes tout autour du château. Il grommelait, car il savait que cette agitation n'augurait rien de bon. Il anticipait une très mauvaise nouvelle.

L'agitation qui animait la partie ouest du campement tomba dans une profonde torpeur lorsque les ograkks l'aperçurent.

Tous les ograkks des armées de Khan savaient que Krodor était les yeux et les oreilles du maître. Tout ce qu'il voyait et entendait serait rapporté avec précision et rapidement à Khonte Khan.

Un vieil ograkk protégé par une armure de cuivre dorée s'approcha respectueusement de lui. C'était Nartum, le caporak chargé de la sécurité de tout le périmètre du château. Il le salua et pointa dans la direction d'un ograkk sans casque, sale et ensanglanté. Ce dernier était affaissé sur une roche devant le feu et il buvait une chope de bière noire.

— QUOI ! QUI EST-CE ? QU'EST-CE QUI SE PASSE ?

Il intima à Nartum de lui répondre sur-le-champ.

— Je crains d'avoir de bien mauvaises nouvelles, chef, lui annonça le vieil ograkk. Ce guerrier s'appelle Vrabok. Il vient d'arriver de l'endroit où nous avions tendu l'embuscade. Elle a mal tourné…

* * *

Au moment même où les portières de la première voiture s'ouvrirent, l'avion de Max passa en rase-motte pour les saluer. Le bruit de l'appareil força tout le monde à se boucher les oreilles, à l'exception de Kayla, qui sautillait sur la pointe des pieds en faisant de grands signes avec ses deux bras dans la direction du pilote.

Alex apparut, le visage souriant. Il était suivi de Zoé et de 4-Trine qui sortaient d'une autre voiture. Tarass se dirigea vers Alex et Zoé se précipita sur Trixx, qu'elle avait aperçu plus tôt.

— BLEU ! hurla-t-elle de joie en se pendant à son cou.

Kayla lança un regard amusé à son ami. Tarass, de son côté, empoigna chaudement la main d'Alex. Ils se regardèrent longuement sans prononcer un seul mot. Une franche camaraderie les animait.

Enfin, ce fut au tour de 4-Trine, avec sa chevelure toujours aussi mauve et verte, de se joindre à eux.

La joie des retrouvailles passée, le visage de Tarass s'assombrit lorsqu'il songea au grand sacrifice que ses amis de la contrée oubliée avaient fait. Il venait en effet de se rappeler qu'en quittant leur contrée, en s'éloignant le moindrement de la rivière contaminée, ils étaient tous condamnés à mourir, rapidement. Un profond chagrin l'envahit alors qu'il les regardait sortir chacun leur tour des différentes voitures. Tarass plongea son regard dans celui d'Alex.

— Mais pourquoi êtes-vous venus, Alex ? s'enquit-il. Loin de la rivière contaminée, vous savez très bien que vous ne pourrez survivre longtemps. N'avez-vous pas besoin d'être près des radiations qui émanent de ce cours d'eau pour vivre ?

À son grand étonnement, Alex se mit à rire à gorge déployée.

— HA ! HA ! HA !

Tarass l'observait, la mine déconfite.

— Écoute-moi bien, Tarass, lui répondit Alex. Nous avions des places de choix pour le plus grand concert de taloches de tout l'atoll, il n'était absolument pas question de manquer ça.

— VOUS ALLEZ TOUS MOURIR ET TU TROUVES ÇA DRÔLE ? insista Tarass, incrédule.

4-Trine avança vers lui.

— Mourir ? NOOON ! Pas tout de suite, du moins. Pas avant que nous ayons cassé la figure à ce despote de Khan.

Alex sortit du col de son chandail une petite fiole en verre suspendue à son cou par une corde. Le petit récipient transparent contenait un liquide vert et lumineux… L'EAU DE LA RIVIÈRE !

— C'est une trouvaille de notre ami Zoumi, lui expliqua Alex. Notre petit as de la bricole.

Le jeune et frêle garçon arrivait près de lui au même moment. Alex lui empoigna la tête et la serra contre lui. Zoumi était visiblement mal à l'aise.

— C'est grâce à lui que nous avons pu venir, lui lança Zoé, toujours suspendue au cou de Trixx.

Tarass avait retrouvé son sourire. Ses alliés, ses amis, étaient tous regroupés autour de lui. Les jeunes de la contrée oubliée, Fikos et Fiquos ainsi que les autres géants à deux têtes. Il était très ému…

Le silence se fit. Tous attendaient que leur meneur, leur chef se lance en ce moment historique dans une longue et stimulante allocution, mais il n'en fut rien. Tarass, lui, savait que ce n'était plus le moment de parler, mais bien… D'AGIR !

— Merci ! prononça-t-il simplement.

— NON ! s'exclama 4-Trine. Non ! C'est nous qui devons te remercier.

Pour montrer à Tarass à quel point ils le respectaient, tous ses amis fermèrent les yeux et baissèrent la tête dans sa direction.

* * *

Dans la salle du trône du château, Khan frappa le guerrier Vrabok avec une hallebarde. La tête du survivant de la première bataille de Drakmor roula jusqu'à Gorbo, qui se mit aussitôt à lécher le sang qui se déversait de la plaie béante du cou.

Dégoûté, Krodor tourna la tête pour regarder ailleurs.

Khan souleva l'arme ensanglantée sous le menton de son ograkk préféré. Les gouttes de sang chaud coulèrent sur son torse.

— Tu vas porter ce message à toutes mes troupes, maugréa Khan près de l'oreille de Krodor. Si mes guerriers ne meurent pas pendant la bataille, je vais les décapiter et les écarteler moi-même. Et dis-leur que de toute façon, ils vont tous crever si je ne ressors pas vainqueur de cette guerre… ET TOI LE PREMIER !

Krodor ravala bruyamment sa salive.

Khan baissa sa hallebarde et indiqua à Krodor la sortie d'un geste autoritaire. Il laissa ensuite tomber l'arme sur le plancher et alla s'asseoir sur son trône.

— QUE L'ON M'AMÈNE LE FORGERON SUR-LE-CHAMP ! ordonna-t-il à une vampelle qui était toujours là à attendre ses ordres. L'ÉPÉE DOIT ÊTRE PRÊTE, CAR MOI, JE SUIS PRÊT !

Une question de langue

Juché à la cime de la plus haute montagne, un géant à deux têtes observait et examinait les environs. Les deux vallées empruntées plus tôt par les troupes de Khan étaient maintenant complètement désertes. Des milliers d'ograkks avaient été écrasés par les montagnes qui s'étaient affaissées à la suite de leur destruction causée par les lances explosives de Max.

Derrière lui, le géant ne perçut plus aucun mouvement de troupes. Tous les ograkks étaient donc arrivés à Drakmor… TOUS ! Khan avait, par précaution, complètement rapatrié ses guerriers en vue d'une éventuelle mais peu probable arrivée de Tarass et de ses alliés. Il avait pris là une décision militaire très réfléchie.

Le géant dévala le versant rapidement pour rapporter ses constatations aux autres.

— À l'ouest, il n'y a rien non plus, mentionna-t-il à Tarass. La voie est libre.

Assis sur une grosse pierre avec Kayla, Trixx, Marabus, Alex, Zoé, 4-Trine et Fikos et Fiquos, Tarass réfléchissait en dessinant sur le sable avec une branche.

— La voie est peut-être libre jusqu'au château, mais tu sais très bien ce qui nous attend là-bas, rappela Kayla. TOUS LES OGRAKKS ! TOUS !

— Et les grands reptiles de Jurassium aussi, ajouta Trixx. Il ne faut pas les oublier, ceux-là !

Tarass hocha la tête pour manifester son approbation.

— Mais plus que tout ça, s'exclama Marabus, KHAN ! Bien sûr. Qu'est-ce qu'il peut bien nous manigancer avec sa sorcellerie noire ?

Tarass lança la branche au loin.

— Je pense qu'il est complètement inutile de tenter d'échafauder un quelconque plan sans savoir ce qui nous attend là-bas.

— Ne crois-tu pas qu'il serait plus sage d'attendre nos autres alliés ? suggéra Kayla.

Tarass demeura muet pendant quelques grains du sablier avant de lui répondre.

— Si j'avais la certitude que nos amis n'ont pas été tous tués par les ograkks, j'attendrais certainement. Mais comment puis-je m'assurer que les premières contrées que nous avons visitées, Égyptios, Japondo, Romia, n'ont pas été envahies et détruites, qu'elles n'ont pas été rayées de la carte de l'atoll ?

Kayla souleva ses deux épaules en signe d'impuissance.

Un long moment passa sans que personne parle. Incapable de tolérer ce silence, Trixx prit la parole :

— Bon, alors écoutez, commença-t-il.

Zoé avait toujours son bras enroulé autour de son cou.

— Nous partons tout de suite et nous verrons là-bas, ce n'est pas bien compliqué.

Il s'adressa ensuite précisément à son ami Tarass.

— Écoute, nous ne sommes plus seuls maintenant que plusieurs de nos alliés se sont joints à nous.

Tarass se leva et accrocha son bouclier magique derrière son dos.

— Tu as raison ! Nous partons tout de suite. Prochain arrêt… LE CHÂTEAU DE KHAN !

Tous se levèrent pour le suivre…

* * *

Au pied de la structure érigée à la base du donjon, Krodor accueillit Ikkor. Ce dernier était essoufflé et avait l'air complètement abattu. Sur ses quatre bras, il arborait plus de huit morsures humaines. Trois autres ograkks le suivaient et étaient eux aussi sensiblement dans le même état.

— NON MAIS, CE N'EST PAS POSSIBLE ! TU ES VRAIMENT LE ROI DES INCAPABLES, TU SAIS ? lui hurla Krodor, totalement excédé.

Ikkor, souffrant et grimaçant, passait ses mains sur ses bras, car les trous creusés par les dents de Ryanna lui faisaient très mal.

— Tu es tellement imbécile que je me demande comment tu parviens à ouvrir les grilles des cellules avec les bonnes clés.

Krodor poussa violemment Ikkor.

— ÔTE-TOI DE MON CHEMIN !

Krodor tenait une hache entre ses mains.

— Mais qu'est-ce que vous allez faire, chef ? demanda le gardien.

— Je vais faire cc que mon maître m'a demandé : abattre la structure pour que personne ne puisse délivrer la démone.

Ikkor et les autres ograkks s'éloignèrent rapidement. Krodor souleva la hache au-dessus de son épaule et s'arrêta tout à coup.

— HÉ ! Vous êtes certains de l'avoir bien attachée ? demanda-t-il à Ikkor.

— Oui, chef ! La prisonnière est solidement retenue par les anneaux enfoncés dans le mortier, entre les pierres.

— Parce que jc ne voudrais pas que cette démone tombe avec l'échafaudage. Mon maître me tuerait, ça, c'est certain.

Krodor frappa avec la hache de toutes ses forces sur l'un des pieds de la structure. Le résultat fut immédiat. Le haut enchevêtrement de bois se mit à tanguer de gauche à droite. Krodor laissa tomber la hache sur le sol afin de déguerpir plus rapidement.

Au sommet de la structure, Ryanna faisait danser le bout de ses pieds sur les planches pour demeurer en contact avec la petite plateforme qui bougeait de gauche à droite. Soudain, un grand fracas se fit entendre et la prisonnière de Khan se retrouva suspendue dans le vide. La structure sous ses pieds venait de s'écrouler.

Au pied de la haute tour, sous l'amoncellement de troncs et de planches brisés, Krodor, Ikkor et trois autres ograkks se retrouvèrent ensevelis, bien malgré eux.

Lorsque la poussière se dissipa, une main sortit des décombres, puis une tête. C'était Krodor. Des débris volèrent partout avant qu'il parvienne à s'extirper de ce piège en bois.

Près de lui, d'autres planches se mirent à bouger. Krodor souleva un tronc et découvrit Ikkor. Krodor dut pousser plusieurs pièces de bois avant de parvenir à dégager son acolyte.

Sur ses deux jambes, Ikkor reprenait son souffle lorsqu'il s'exclama…

— OH NON ! Je crois que je me suis fait une écharde ! se lamenta-t-il encore.

Krodor en avait plus qu'assez des plaintes incessantes du gardien. Exaspéré, il ramassa une grosse planche brisée en pointe et appuya le bout effilé sur la poitrine de l'ograkk, directement à la hauteur de son cœur.

— Est-ce que tu sais qu'il n'y a que les morts qui ne se plaignent pas ?

Ikkor comprit le message. Il leva les yeux vers le sommet de la tour et aperçut Ryanna qui lui tirait la langue.

— CHEF !

— Quoi encore ?

— Regardez là-haut !

Krodor leva les yeux en direction de Ryanna.

— SALE DÉMONE !

* * *

Tarass marchait d'un pas décidé devant Marabus, Kayla et Trixx. Derrière suivaient les géants et les voitures vrombissantes d'Alex et de ses amis. Le paysage était dénué de végétation. C'était comme si rien ne pouvait survivre, ou même vouloir vivre dans cette contrée au sol noir.

Les monts et les rochers qui s'étendaient à perte de vue tout autour d'eux perçaient le sol comme de gros éclats de verre coupants. Tarass aurait aimé s'y jucher pour pouvoir scruter l'horizon de temps à autre, mais il était impossible de les gravir sans se blesser.

Depuis le début de leur marche, Tarass n'avait noté la présence d'aucun insecte. Lui qui, tout au long de ce périple, avait été piqué des centaines de fois ne s'en plaignit pas du tout. Néanmoins, cela révélait un environnement peu propice à la vie.

Derrière lui, Kayla et Trixx étaient en grande conversation. La jeune mage souriait presque sans arrêt lorsqu'elle parlait avec Bleu.

— OUAIS ! J'ai aussi remarqué qu'elle était toujours près de toi à te toucher.

— TOUCHER ! reprit Trixx, le visage convulsé dans une drôle de grimace. Tu n'as pas idée à quel point... Tantôt, lorsque j'étais seul avec elle, elle m'a embrassé, et elle a sorti sa langue… POUAH ! Tu imagines ?

— Pourquoi pouah ? s'étonna Kayla.

— J'AVAIS SA LANG…

— Chut ! Baisse le ton, elle va t'entendre.

Trixx regarda derrière lui. Zoé avait la moitié de son corps sorti d'une voiture et elle le saluait de la main.

Trixx fit un sourire dans sa direction et se retourna vers Kayla.

— J'avais sa langue dans ma bouche ! Tu imagines, son truc gluant à elle, dans ma bouche à moi… QUELLE HORREUR !

— Mon pauvre Trixx, tu as tellement à apprendre des filles.

— Apprendre quoi ? À part que vous pouvez être extrêmement énervantes, il y a quoi à découvrir ?

Kayla cessa de marcher et se tourna vers lui.

— Rappelle-moi l'âge que tu avais lorsque nous sommes partis de Moritia.

— J'avais à peine dix-sept ans, pourquoi ?

— Ben voilà ! lança-t-elle. Cette quête t'apportera peut-être une grande gloire, mais en retour, tu n'auras pas eu le temps de parfaire ton éducation sexuelle.

Kayla se remit à marcher derrière Tarass.

— ÉDUC QUOI ? répéta Trixx qui la suivait pas à pas.

— Les filles ! Tu n'auras pas eu le temps d'approfondir tes connaissances sur ce que nous sommes, nous, les filles… Le plus grand et le plus beau mystère de la vie.

Trixx n'en était pas si certain.

— Je ne sais pas, lui avoua-t-il un peu embêté.

— C'est parce que tu ne connais pas beaucoup de choses sur le sujet, lui dit-elle sans se retenir. Tu es comme… un attardé sur cette question.

— Je suis un débile ? Moi !

Il ne trouvait pas les propos de son amie Kayla très gentils.

— Tu sais ce que je veux dire.

— NOOON !

— Eh bien, c'est la preuve que tu devrais t'y mettre au plus vite, lui conseilla-t-elle fortement. Tiens, Zoé, par exemple, te ferait une très bonne prof, tu sais…

Trixx en avait assez entendu. Il s'arrêta

pour prendre ses distances avec Kayla. Cette dernière poursuivit sa marche tout en souriant.

* * *

Dans la salle du trône arriva Garmouth, l'ograkk forgeron du château. Il avait les habits noircis par la suie et la fumée de son atelier. Il était tout en sueur devant Khan.

Il tenait entre ses mains une très grande pièce de tissu sous laquelle on pouvait deviner les contours d'une longue épée. L'ograkk déballa très lentement l'arme, puis la remit à son maître en s'inclinant.

Khonte Khan empoigna l'épée par le manche et la souleva au-dessus de sa tête. Jamais une arme d'une telle puissance n'avait été forgée. La lame de l'épée avait été conçue avec plus de cent lames de katana du Japondo. Ces katanas étaient presque indestructibles. Ils pouvaient subir les affres et les coups de centaines de combats sans jamais se briser ni même s'émousser.

— Elle est magnifique, Garmouth, le félicita son maître.

Khan se leva de son trône. Ses yeux scrutaient avec attention tous les détails de l'arme.

— Parle-moi de son pouvoir avec lequel il est possible de trancher des têtes et des corps qui se trouvent à plusieurs mètres de la lame, demanda-t-il.

— Euh ! Cher maître, c'est à vos mages noirs qu'incombe la tâche de donner à votre arme cette propriété magique.

Les ograkks présents dans la pièce s'écartèrent subitement et toutes les vampelles disparurent discrètement derrière les rideaux.

Le regard de Khan quitta l'arme et se braqua sur le forgeron qui se mit à trembler.

— Tu m'as remis entre les mains une épée non achevée ?

— Peut-être, maître, mais la lame est impeccablement affûtée.

Lorsque le forgeron recula lentement vers la sortie, Khan tendit son bras qui tenait l'épée et trancha le corps de Garmouth de deux coups : le premier alla de la tête jusqu'à son entrejambe, et le second sectionna net le corps à la hauteur de la ceinture. Les quatre parties ensanglantées du corps du pauvre forgeron tombèrent sur le plancher en faisant des bruits dégoûtants.

Khan contempla son épée et passa sa langue sur la lame pour goûter le sang.

— HUMMM ! Il est vrai par contre que la lame est parfaite, remarqua-t-il comme si rien ne s'était passé.

À l'entrée de la grande salle apparut soudain Krodor. Il grimaça de dégoût en apercevant le corps découpé qui déversait son sang sur le plancher.

Il contourna avec précaution la mare qui continuait de s'étendre, afin de s'approcher de Khan.

— Un autre traître, maître ?

Khan se retourna vers lui en pointant son arme dans sa direction.

— Non ! Pas du tout. Cet ograkk s'est fendu en quatre pour me plaire, et ce n'était tout simplement pas suffisant… IL FAUT FAIRE BEAUCOUP PLUS POUR ATTIRER MA DÉFÉRENCE !

Khan baissa son arme et retourna vers son trône.

— Que veux-tu, Krodor ?

— La démone…

Khan leva les yeux vers son ograkk préféré. Il le regarda avec hargne.

— Euh ! Ryanna, oui ! poursuivit celui-ci. C'est pour vous dire qu'elle est en position, suspendue sur la paroi ouest de la tour, comme vous l'avez demandé, maître.

— Parfait ! Voilà enfin un de mes ordres que l'on a exécuté sans difficulté.

Krodor fit rouler ses deux yeux dans ses orbites.

— Si vous saviez ! murmura-t-il très bas.

— Qu'est-ce que tu as dit ? demanda Khan, qui avait perçu un commentaire.

— Non ! Rien, maître ! Je me félicitais moi-même pour ce travail bien accompli, et sans accroc…

Krodor se mordit la lèvre inférieure pour ce mensonge.

— Va me chercher Akaruk et les autres mages noirs, lui commanda Khan. Nous avons un rituel à accomplir… ET FAIS-MOI NETTOYER CE PLANCHER

TOUT DE SUITE ! CET ENDROIT EST UNE VRAIE PORCHERIE, IL Y A TOU-JOURS DU SANG PARTOUT !

Le lac Tzunamir

Tarass, qui marchait devant Kayla, s'arrêta subitement. Il avait l'air soucieux et perplexe. Kayla et Trixx s'approchèrent de lui.

— Qu'est-ce qui se passe ? On dirait que tu as vu un revenant, dit Trixx.

À quelques dizaines de mètres à peine devant eux s'étendait un grand lac, à la belle eau bleue. Il contrastait avec tout ce qui l'entourait, tout ce qui était noir.

— Ce n'est qu'un lac ! constata Kayla. Enfin, nous allons pouvoir nous abreuver d'eau fraîche, et froide.

Elle voulut se lancer vers l'étendue d'eau, mais Marabus la retint.

— AÏE ! QUOI ? s'exclama-t-elle en se tournant vers sa tante.

— Il n'y a pas de lac à Drakmor, lui rappela celle-ci. Il n'y a pas non plus de rivière. Seules les douves du château de Khan contiennent du liquide, du sang à ce que l'on dit.

Leurs amis arrivèrent. Alex bondit de sa voiture pour aller s'abreuver. Fikos et Fiquos avait aussi très soif.

Marabus se posta devant eux, les deux bras écartés, pour les arrêter.

— NON ! leur ordonna-t-elle. CE N'EST PAS UN LAC !

Fiquos regarda Fikos.

— Quoi ? C'est un mirage ? demanda le premier.

— Mais non ! Nous ne sommes pas dans un désert, répondit le deuxième.

Tout le groupe attendait derrière Tarass et ses compagnons.

Kayla se tourna vers le lac.

— Qu'est-ce c'est, alors ? demanda-t-elle à sa tante.

Au même instant, un curieux tourbillon apparut au centre de l'étendue d'eau.

Le géant Fikos et Fiquos étira ses deux cous pour mieux voir.

— Il y a comme une bouche qui se forme au centre du lac, leur rapporta Fikos.

Tarass et Marabus crispèrent les yeux. Aux abords du lac, des bourrasques furieuses commencèrent à souffler.

— Il y a aussi plusieurs grands yeux qui s'ouvrent maintenant, commenta Fiquos. Qu'est-ce que ça signifie ? Ce lac est vivant ou quoi ?

Le visage de Marabus devint tout blême.

— NON ! UN TZUNAMIR ! comprit soudain la grande mage. Khan est parvenu à invoquer l'une des créatures les plus dévastatrices que la terre ait portées.

— UN QUOI ? QUELLE CRÉATURE DÉVASTATRICE ? s'enquit Tarass.

— UN TZUNAMIR ! répéta Marabus. Un tzunamir est une gigantesque créature d'eau capable de tout dévaster sur son passage, comme un raz-de-marée.

Sous leur regard effaré, le lac sortit lentement de son lit et s'éleva très haut dans le ciel. La pluie commençait à tomber avec la puissance d'un terrible orage. La créature se formait graduellement à partir de l'eau du lac…

* * *

À la demande de Khan, la procession des mages noirs arriva dans la salle. Ils marchèrent longuement pour former un grand cercle devant lui et plusieurs ograkks. Krodor était présent.

Le visage des mages était caché par leur cagoule. Khonte Khan commençait à s'impatienter, car il ne parvenait pas à reconnaître Akaruk parmi les mages.

Lorsqu'il se leva pour donner l'ordre à ce dernier de se découvrir, une retentissante explosion secoua toute la salle et Akaruk apparut au centre des autres mages. Lorsqu'il aperçut son grand mage noir à demi caché par la fumée, Khan éclata de rire.

— Mais qu'est-ce que tu cherches à accomplir avec cette prestation ? Je ne suis pas un enfant que l'on impressionne facilement, tu sais.

Akaruk sortit du nuage de fumée verte qui le recouvrait partiellement.

— Si tu veux vraiment m'éblouir par une performance, lui proposa Khan, débarrasse-moi de cette épine que j'ai sous le pied.

Krodor s'avança vers Khan.

— Vous avez une épine sous le pied, maître. Je peux m'en charger, moi…

Il se pencha ensuite devant lui.

— TRIPLE IDIOT ! Je veux parler de Tarass Krikom, cette crotte humaine qui tache mon plan de conquête depuis le début.

Comme un chien battu, Krodor baissa la tête et retourna à sa place. Akaruk riait de la situation.

— Vous n'êtes vraiment pas bien épaulé, cher maître, constata Akaruk sur un ton moqueur.

— En effet, tu as raison, alors ne me déçois pas, Akaruk.

— Jamais ! Ô maître. Jamais !

Akaruk arrêta son regard sur la grande épée adossée au trône de son maître.

— Il s'agit de cette arme ? voulut s'assurer Akaruk. N'est-ce pas ?

Khan la souleva par le manche et la remit à son mage noir. Akaruk l'examina attentivement.

— C'est une épée magnifique, et puissante, remarqua-t-il. Est-il vraiment nécessaire de lui ajouter des pouvoirs magiques ?

— Oui ! Parce que mes stupides ograkks ne font pas leur travail, je devrai probablement combattre moi-même, et exterminer cet excrément.

Tous les ograkks baissèrent la tête de honte.

— Parce que cette saleté de Krikom, continua Khan, possède un bouclier magique, le fameux bouclier de Magalu.

Akaruk leva les yeux vers Khan.

— Mais… rien ne peut détruire le bouclier de Magalu, lui rappela Akaruk. Cette arme millénaire est indestructible et possède des pouvoirs qu'aucun homme, qu'aucun sorcier ne peut combattre.

— JE NE T'AI PAS FAIT VENIR ICI POUR AVOIR TON INSIGNIFIANTE ET ININTÉRESSANTE OPINION ! s'emporta Khan. JE VEUX QUE TU DONNES

À CETTE ÉPÉE LE PLUS GRAND DE TOUS LES POUVOIRS !

Voyant que son maître commençait à s'énerver, Akaruk baissa les yeux vers l'arme.

— OUI ! Bon ! Il y a plusieurs choses que je peux faire pour améliorer sa force de frappe, oui, plusieurs. Il faudra que vous choisissiez.

— Choisir ? répéta Khan. Tu vas me dire que tu as une espèce de catalogue de sorcellerie à me montrer pour que je fasse mon choix ?

Khan bondit encore une fois de son siège.

— MAIS TU ES SOURD COMME LES AUTRES ! JE VEUX QUE CETTE ÉPÉE FRAPPE ET DÉCAPITE TOUS CEUX QUI SE RETROUVENT À PLUSIEURS MÈTRES DE SA LAME LORSQUE JE LA BRANDIS ! COMPRIS ?

— Vous voulez qu'elle possède, en plus, une portée magique ?

— OUI ! hurla encore Khan avant de s'affaisser sur son trône. J'ai vraiment toutes les misères du monde à me faire comprendre de ces imbéciles, se murmura-t-il à lui-même.

— Pour cette incantation, l'informa Akaruk, il faudrait effectuer des sacrifices humains. Dix personnes seront nécessaires.

— Pas de problème ! lui répondit Khan.

Autour de lui, personne ne bougeait. Khan se mit à siffloter, l'air de rien. Il tapotait le bras de son trône avec ses doigts. Krodor et les autres ograkks demeuraient à leur place, complètement immobiles…

Voyant que personne ne réagissait, Khan se tourna vers eux et s'emporta de nouveau.

— MAIS QU'EST-CE QUE VOUS ATTENDEZ POUR ALLER LES CHER-CHER À LA PRISON ? CE N'EST PAS POSSIBLE ! JE DOIS TOUT LEUR DIRE À CES IDIOTS !

La scène amusait Akaruk et les autres mages noirs.

— Bientôt, continua Khan, je serai obligé de leur dire quand aller à la toilette pour se soulager.

Un ograkk leva l'un de ses bras pour parler.

— Est-ce que nous pouvons y aller maintenant ?

Las, Khan laissa tomber sa tête à la renverse sur le dossier de son trône…

* * *

La grande masse d'eau menaçante s'élevait encore plus haut dans le ciel, au-dessus des voitures qui filaient à toute allure.

— PLUS VITE, ALEX ! PLUS VITE ! criait Tarass.

Le Tzunamir était maintenant juste au-dessus d'eux. Derrière les bolides, les géants à deux têtes couraient le plus vite qu'ils le pouvaient.

À travers la fenêtre de la voiture, Kayla observait, effrayée, la gigantesque vague qui ne cessait de les pourchasser.

— Nous ne réussirons pas à nous sauver, remarqua-t-elle. NON ! Cette créature se déplace aussi vite que nous.

— Si jamais nous survivons à cette attaque, lui expliqua Marabus, nous aurons peut-être une chance de nous en sortir. Le Tzunamir ne peut passer à l'attaque qu'une fois ou deux par jour. C'est comme le cycle des marées. L'éveil du Tzunamir est causé par l'effet de la gravitation de la Lune autour de la Terre, alors une fois ou deux par jour, le Tzunamir se réveille et dévaste tout sur son passage.

Soudain, comme si quelqu'un venait tout simplement d'éteindre le soleil, une grande noirceur survint. En une fraction d'un grain du sablier, ils étaient tous submergés…

Emportées dans un profond torrent, les voitures se mirent à tourner sur elles-mêmes. Dans l'une d'elles, Alex, Tarass, Kayla et Marabus tentèrent de s'agripper. Mais leur voiture, qui exécutait des rotations complètes dans l'eau, projetait leurs corps violemment l'un contre l'autre. Puis soudain, tout s'arrêta. Ils avaient atteint le lit du nouveau lac qui venait de se former.

La tête au fond du véhicule, les jambes en l'air, Tarass s'agitait frénétiquement pour se sortir de cette fâcheuse position.

— MAIS QU'EST-CE QUI SE PASSE MAINTENANT ? lança Kayla, les deux mains collées à la vitre de la portière.

De l'autre côté, elle ne voyait que de l'eau.

— C'est terminé ! lui dit Marabus.

— Qu'est-ce qui est terminé ? voulut comprendre Tarass qui était parvenu à se redresser. Il n'y a que de l'eau autour de la voiture.

Par le pare-brise fissuré, Alex remarqua que l'eau commençait sérieusement à s'infiltrer à l'intérieur de l'habitacle.

— Il faut trouver un moyen de sortir d'ici afin de gagner la surface du lac ! déclara Marabus.

— QUOI ! s'écria Kayla. Nous sommes à l'intérieur même de cette créature ?

— Oui, mais pendant plusieurs sabliers, elle demeurera un simple lac. Il faut en sortir et quitter la région avant la prochaine marée, avant qu'elle ne reprenne vie, ça presse.

— Comme vous dites, madame la mage, lui rapporta Alex. Parce que l'eau entre beaucoup par ici. Nous devrons sortir bientôt, très bientôt !

Tarass tenta d'ouvrir une portière, mais la pression de l'eau à l'extérieur de la voiture l'en empêcha.

— Tant qu'il y aura de l'air à l'intérieur, tu n'y arriveras pas, Tarass, lui dit Marabus.

— Nous n'avons qu'à attendre un peu, conseilla Kayla. La voiture se remplit lentement.

Ils avaient maintenant de l'eau à la taille.

— Et si les autres ont besoin de nous maintenant ? réalisa Tarass.

Kayla, Marabus et Alex échangèrent un regard.

— ÉCARTEZ-VOUS ! les avertit Tarass. ET INSPIREZ UN GRAND COUP !

Il souleva son bouclier et frappa de toutes ses forces la portière qui s'ouvrit toute grande. Un puissant jet d'eau emplit instantanément la voiture, alors qu'au-dessus une énorme bulle d'air s'était formée et montait rapidement.

Tarass, Kayla, Marabus et Alex nageaient frénétiquement vers la surface. Juste au-dessus d'eux, Tarass aperçut plusieurs grandes ombres étirées qui sillonnaient la surface. Il crut tout d'abord apercevoir des requins, puis il constata en fait qu'il s'agissait de la coque en bois de plusieurs navires.

Le ciel bleu commençait à apparaître à travers l'eau. Il donna un dernier grand coup et émergea enfin hors du Tzunamir. La surface était très agitée et l'eau pénétrait dans sa bouche à grands coups de vagues. Près de lui, Kayla essayait tant bien que mal d'emplir ses poumons d'air frais. Il l'empoigna et nagea avec elle vers les navires. Ennemis ou amis ? Peu importait ! Il fallait qu'ils se sortent très vite des entrailles de cette gigantesque créature pendant qu'un calme relatif était revenu.

Près de la coque, une échelle faite de cordage et de barreaux de bois fut déroulée jusqu'à lui. Il attrapa le premier échelon pour la stabiliser et tira Kayla pour qu'elle y grimpe la première. Ensuite, il l'escalada à son tour. Arrivé sur le pont, Tarass reconnut tout de suite les vêtements que les marins du navire portaient. Ils étaient recueillis par… DES MAGES DE LAGOMIAS !

Transporté de joie, Tarass prit amicalement entre ses mains les épaules de l'un d'eux pour lui exprimer sa gratitude.

— VOUS ÊTES VENUS !

Le mage lui souriait cordialement.

Plusieurs mages puissants de sa contrée natale s'approchaient de lui. Ils voulaient tous rencontrer le héros de l'atoll : Tarass Krikom.

— Vous êtes tous venus ! répéta-t-il. TOUS ! MERCI !

Trixx se faufila entre les mages et s'approcha de son ami Tarass.

— BLEU ! Tu t'en es sorti toi aussi.

Trixx hocha la tête, lui aussi trempé jusqu'aux os.

— Nous, nous sommes restés coincés dans la voiture, lui raconta Tarass.

Il prit son ami entre ses bras, heureux de le revoir.

— Nous étions coincés tous les quatre au fond du lac, ou de cette créature diabolique si tu veux, répéta-t-il, encore un peu sous le choc. Tout le monde est là ? demanda-t-il. Tout le monde s'en est sorti ?

Trixx baissa la tête. Le visage de Tarass devint très sérieux.

— Quoi ? Qui manque à l'appel ?

Il angoissait en attendant la réponse de son ami.

— ZOÉ ? ALEX ? QUI MANQUE ?

Trixx demeura muet.

Tarass se précipita vers un hauban pour regarder sur le pont du navire. Puis, il jeta un coup d'œil sur le pont des trois autres grands vaisseaux.

Il repéra rapidement tous ses amis : Zoé, 4-Trine et tous les autres, ainsi que plusieurs géants. Ils étaient tous en vie et reprenaient lentement leur souffle après cette expérience éprouvante. Cependant, Fikos et Fiquos demeurait introuvable. Il se précipita vers la proue du navire. C'est là qu'il aperçut tout de suite un grand corps inerte qui flottait au gré des vagues…

6

Tués par, et pour Khan

Dans la salle du trône, Akaruk le mage noir de Khan fit placer dix chandeliers devant dix prisonniers positionnés en cercle. Ces hommes avaient été amenés de la prison du donjon. Parmi eux se trouvait un certain Kloviss, un jeune mage capturé à Égyptios.

Cet apprenti sorcier n'avait malheureusement pas eu le temps de parfaire ses connaissances de magie. Cependant, enfermé depuis plus de deux ans dans les bas-fonds sombres du château, et se sachant perdu, il s'était juré de faire trépasser au moins un ennemi avant de rejoindre le monde des âmes. Il savait maintenant que ce moment était arrivé. Il prononça tout bas l'une des incantations que lui avait apprises son maître…

— Scar-kor-expa !

Lorsque l'un des mages noirs de Khan s'avança pour allumer la chandelle placée devant Kloviss, ce dernier ouvrit la bouche. Le mage noir recula d'un pas en apercevant un gros insecte brillant qui jaillissait de la bouche du prisonnier… UN SCARABÉE !

Un deuxième insecte s'extirpa du corps par le même orifice, ensuite un troisième, et plusieurs autres. Le mage tenta de s'enfuir, mais il fut très vite enseveli sous la horde frénétique de scarabées affamés. Ses hurlements de souffrance résonnèrent partout dans la grande tour et réveillèrent même Ryanna, toujours attachée au sommet du donjon et qui s'était évanouie à cause de la douleur.

Malgré le peu de forces qu'il lui restait, elle sourit de satisfaction d'avoir entendu mourir un suppôt de Khan.

— Une autre crapule de moins contre Tarass... Tarass, tu auras une crapule de moins à tuer lorsque tu arriveras…

Les yeux de la jeune femme roulèrent dans leur orbite et se fermèrent de nouveau.

Effondré sur le plancher de la grande salle, et complètement recouvert de scarabées, le corps du mage noir fut complètement débarrassé de sa chair en à peine quelques grains du sablier. Une fois les os complètement lavés, les scarabées se jetèrent sur un autre mage noir qui, paralysé par ce qu'il venait de voir, n'eut pas la présence d'esprit de s'éloigner comme les autres.

Devant l'inaction de ses mages et des ograkks présents, Khan se leva et tendit la main en direction des gros insectes. Il ferma ses yeux et une série d'éclairs aveuglants jaillirent du bout de ses doigts et transformèrent tous les scarabées en petites masses dégoulinantes et fumantes. Une odeur insupportable envahit aussitôt la salle.

Khan se tourna ensuite vers ses ograkks.

— Allez chercher un autre prisonnier ! leur commanda-t-il.

Sa voix était étrangement monocorde. Il ne semblait pas du tout furieux malgré ce qui venait de se passer sous ses yeux.

— Pourquoi un autre prisonnier ? voulut savoir Akaruk. Je n'ai besoin que de dix humains pour ce rituel.

— Parce que tu n'en as que neuf, voilà pourquoi, lui répondit son maître sur le même ton morne.

Il se tourna vers Kloviss et tendit de nouveau la main, cette fois dans la direction du jeune mage…

* * *

L'immense corps du géant fut rapidement hissé à bord du navire à l'aide d'une grue de chargement. Aussitôt le corps inerte de son ami déposé sur le pont, Tarass se jeta sur lui. Un filet d'eau s'écoula de la bouche de chacune des deux têtes. Les lèvres de Fikos et Fiquos devenaient de plus en plus bleues. Ses yeux étaient d'un blanc laiteux et leur iris, immobile, fixait le vide.

Le visage ravagé de tristesse, Tarass se tourna vers Marabus. Il l'implorait de faire quelque chose. Marabus secoua doucement la tête. Les pouvoirs de la grande mage ne pouvaient rien pour le pauvre géant, il était trop tard. La tête de Tarass tomba sur son torse…

* * *

Dans la salle du château, tout était fin prêt pour le rituel : dix chandelles étaient allumées. Devant chacune d'elles, un homme allait être sacrifié pour donner à l'épée de Khan le pouvoir magique de terrasser ses ennemis sans même les toucher avec la lame.

Akaruk posa l'arme au centre du cercle de chandelles et commença le rituel. De la manche de son vêtement, il sortit un serpent qui se tortilla aussitôt autour de son poignet. Il prononça une incantation et le long reptile se mua aussitôt en branche d'arbre tordue au bout de laquelle se trouvait, retenue par les crocs blancs d'un loup, une pierre lumineuse.

Le mage noir passa derrière les hommes et toucha la tête de chacun d'eux avec le bout du curieux sceptre. Lorsqu'il eut terminé, il prononça une seconde incantation. Des yeux des hommes émana aussitôt une lumière verte et vive qui convergea vers l'épée. Plusieurs grains de sablier s'écoulèrent. La peau des hommes se mit à sécher, craqueler et noircir, comme s'ils étaient en train de cuire dans un grand four.

Lorsqu'ils furent complètement vidés de leur énergie vitale, leur regard cessa de projeter de la lumière.

Au centre de la salle, l'épée diffusait maintenant une lueur vert jaunâtre. Avec d'infinies précautions, Akaruk ramassa l'arme et alla la remettre à Khan.

— Attention ! l'avisa-t-il. Vous tenez entre vos mains l'épée la plus puissante et la plus redoutable de tout l'atoll.

Khonte Khan s'extasia devant son nouveau joujou à donner la mort. Il leva ensuite les yeux vers les corps calcinés des hommes devant lui.

— Il est temps d'effectuer un petit test maintenant, souffla-t-il tout bas.

— Ici ? Là ? Maintenant ? lui demanda Akaruk, pas certain qu'il s'agissait d'une bonne idée.

Derrière lui, les autres mages noirs s'éclipsèrent l'un après l'autre par la sortie. Khan sourit de façon diabolique, puis souleva son épée. Rapidement, il exécuta un geste circulaire devant lui. Akaruk se laissa choir sur le plancher juste à temps. Autour de lui, les dix têtes noircies des hommes roulèrent dans toutes les directions. La lame venait de décapiter les corps sans même les avoir touchés.

Le sourire de Khan se transforma en un rire diabolique, car son arme possédait maintenant une très grande efficacité létale, de celles jamais égalées jusqu'à maintenant dans l'histoire guerrière de l'atoll de Zoombira…

* * *

Kayla prit doucement Tarass par les épaules pour le consoler. Il était toujours recueilli, les yeux fermés et la tête penchée vers le corps du géant.

— Il a été mon premier allié, murmura Tarass d'un ton empreint d'une grande tristesse. C'est lui qui m'a donné mon premier sifflet de Rhakasa.

Un mage s'approcha alors de Tarass. Il s'agissait d'Auvilus. Kayla et Trixx le reconnurent tout de suite. C'était lui qui les avait conduits jusqu'à Tarass au moment de leur départ de Lagomias.

— Tarass ! murmura le mage près de ce dernier toujours accroupi. Je suis Auvilus, celui qui vous a remis le deuxième sifflet.

Auvilus fouilla dans son sac de mage et en sortit une petite fiole contenant un liquide blanc comme du lait. Le petit bouchon doré qui coiffait le contenant était décoré des mêmes signes que le bouclier de Magalu.

Les autres mages regardèrent Auvilus d'un air désapprobateur. Plusieurs d'entre eux remuèrent la tête de gauche à droite, exprimant leur désaccord. Tous refusaient qu'Auvilus remette la précieuse fiole à Tarass tout de suite pour qu'il l'utilise sur un autre que lui. Le précieux liquide qu'elle contenait lui était destiné, à lui et lui seul…

— Ce sera au sauveur de l'atoll de décider ! dit le mage à ses camarades.

Tarass leva la tête vers Auvilus.

— Quoi ? Qu'est-ce que je dois décider encore ?

Auvilus lui montra la fiole.

— Ceci est l'élixir de Vryl, le seul et unique.

Les yeux de Marabus s'agrandirent de stupeur. Elle avait tant lu sur cette légendaire potion capable de retirer la mort d'un corps pour lui redonner la vie. L'histoire racontait en effet qu'il n'y avait qu'une seule fiole de ce philtre de vie sur toute la terre…

— Des générations de mages l'ont conservée précieusement pour toi, Tarass, lui raconta Auvilus. Elle t'était destinée pour t'aider lors de la dernière bataille.

Auvilus la déposa délicatement dans la main du jeune guerrier. Tarass contempla longuement la petite fiole, puis regarda le corps de Fikos et Fiquos.

— Est-ce qu'une aussi petite quantité peut être efficace sur un géant ? demanda Tarass sans se retourner vers Auvilus.

Plusieurs mages protestèrent vivement.

— NON ! s'écria le premier.

— ELLE EST À TOI, TARASS ! cria un deuxième qui tentait de s'approcher de lui.

Trixx l'en empêcha.

— CET ÉLIXIR DE VRYL NE DOIT SERVIR QUE DANS LE BUT DE SAUVER L'ATOLL ! insista un troisième mage afin de persuader le jeune guerrier. Donner la potion à ce géant, c'est aller à l'encontre de la raison même de son existence.

Les murmures de désapprobation des mages s'estompèrent et un grand silence s'installa.

Tarass se tourna de nouveau vers Auvilus.

— Oui ! finit par répondre Auvilus. Mais fais vite. Dans quelques grains du sablier, lorsque la mort aura complètement envahi son corps, elle ne sera plus d'aucune efficacité…

Tarass se tourna vers Kayla. Son amie hocha la tête de haut en bas. Il se pencha ensuite vers le géant, ouvrit la fiole et déversa la moitié du contenu dans la bouche de Fikos et l'autre moitié dans celle de Fiquos.

Autour de lui, les mages déçus se retirèrent. Trixx, les regardant quitter le pont, se mit à crier :

— VOUS AVEZ DIT QUE CETTE POTION NE DEVAIT SERVIR QUE

DANS LE BUT DE SAUVER L'ATOLL ? hurla-t-il, le visage écarlate. EH BIEN, ELLE SERVIRA JUSTEMENT À CELA ! VOUS NE SEMBLEZ PAS RÉALISER QUE POUR ESPÉRER VAINCRE KHAN ET SES ARMÉES, NOUS ALLONS AVOIR BESOIN DE TOUT LE MONDE ! TOUT LE MONDE !

Devant Tarass, les lèvres de Fikos et Fiquos retrouvaient lentement leur couleur normale.

Kayla se jeta près de son ami.

— ÇA MARCHE ! se réjouit-elle.

Les yeux du géant s'éclaircirent et ses paupières commencèrent à bouger. Fikos ouvrit toute grande sa bouche pour bâiller bruyamment.

— WAAAAAAHH ! Ce que je peux avoir faim ! finit-il par dire.

Tarass et Kayla souriaient.

— C'est toujours la même chose, se plaignit soudain Fiquos qui se réveillait à son tour. Le matin, cet affamé peut dévorer un troupeau de vaches à lui seul.

— BIEN QUOI ! s'exclama Fikos. J'ai faim, et lorsque j'ai faim, je dois manger.

— HÉ ! Arrête de vouloir manger tout le temps, s'obstina l'autre tête, nous allons devenir gros.

Et le géant se leva sur ses jambes sans réaliser que Tarass venait de le ramener du pays des âmes…

Auvilus s'approcha de Trixx, dont la moitié du corps était penchée par-dessus bord. Dans cette position, il examinait l'étendue d'eau.

— Il est profond et assez vaste, ce monstre-lac ! s'exclama-t-il en voyant arriver le mage.

— C'est un Tzunamir, le plus grand mystère de la nature, le corrigea Auvilus.

— Combien de sabliers avons-nous avant que cette créature se réveille de nouveau ? demanda Trixx, le visage crispé d'angoisse.

— Le temps du cycle lunaire; le Tzunamir se manifeste à chaque marée. Lorsque nous voguions sur la mer vers Drakmor, nous l'avons aperçu qui allait dans la même direction que nous. Nous savions que seul Khan pouvait invoquer cette créature. Il nous a suffi de voguer sur sa surface avec nos vaisseaux magiques pour nous rendre très rapidement jusqu'ici.

Ils furent interrompus dans leur discussion par des cris qui s'élevèrent tout à coup d'un autre navire. C'était Zoé qui hurlait du haut du grand mat, au poste de vigie.

Tarass et Kayla s'approchèrent de Trixx.

— Mais qu'est-ce qu'elle dit ? demanda Tarass en tendant l'oreille. Tu comprends ce qu'elle raconte ?

Trixx prêta attention.

— Zoé dit qu'elle aperçoit des espèces de créatures bizarres là-bas, lui rapporta son ami.

— DES ESPÈCES DE CRÉATURES BIZARRES ! répéta Tarass. Quel genre de créatures ? Où ça ?

— LÀ ! lui montra Trixx.

Il pointait la rive ouest du lac.

Tarass fit comme son ami et se pencha par-dessus bord afin de mieux regarder, mais le groupe de monstres étranges, comme les appelait Zoé, était beaucoup trop loin pour qu'on voie de quoi il s'agissait vraiment. Trixx répéta à son ami les paroles de Zoé, mot à mot.

— Ces créatures sont torse nu, le visage multicolore, et elles nous envoient des signes avec leurs mains.

— QUOI ? s'exclama Tarass. Je ne vois pas de quoi elle parle.

Auvilus arriva près de lui et lui remit une longue-vue. Tarass regarda le long objet. Vraisemblablement, il ne savait pas comment se servir de cet appareil qu'il voyait pour la première fois de sa vie.

— C'est une lunette d'approche ! lui expliqua Auvilus. Tu colles le plus petit bout à ton œil, et tu diriges l'autre extrémité, le plus grand bout, dans la direction de ce que tu désires regarder, pour voir de plus près.

Tarass dirigea le gros bout de l'instrument vers la lointaine rive, directement sur les créatures. Ensuite, il approcha son œil. Comme s'il était seulement à quelques mètres de lui, il aperçut le groupe de créatures qui gesticulaient dans sa direction. Mais il ne s'agissait pas de créatures comme Zoé le croyait, c'était Santos le *luchador*, de la contrée d'Aztéka. Il était venu lui aussi, avec ses *luchador amigos*, comme il le lui avait juré…

7

Les derniers préparatifs avant...

Dans la grande salle du conseil, Khan avait réuni tous ses hauts gradés, qu'il avait élevés au rang de commandorks : Nartum, le caporak chargé de la sécurité de tout le périmètre du château, Akaruk le mage noir et ses congénères, ainsi que tous les chefs de garnison comme Rodrrak, le maître reptile, et Krodor, naturellement.

C'était sans doute la plus importante réunion du conseil depuis le début de la guerre. Tous en étaient conscients.

Khan, le futur maître suprême ainsi qu'il aimait se nommer, était comme d'habitude d'une humeur massacrante. Rien, absolument rien n'allait comme il le désirait. Le coup raté du Tzunamir le faisait encore plus pester. Cette information non vérifiée, et non officielle, s'ajoutait malheureusement à sa déjà très longue liste de mauvaises nouvelles de la journée. Il se leva de son fauteuil placé au bout de la longue table et y déposa son épée. Tous ses commandorks avaient bien sûr eu vent des pouvoirs de l'arme magique de leur maître.

— L'ennemi sera bientôt à nos portes, avec ses alliés, commença Khan sur un ton étonnament solennel vu les circonstances. Je vais vous communiquer en détail mes directives et mes instructions pour que chacun de vous puisse accomplir son devoir d'une façon impeccable.

Tous ses commandorks bougèrent nerveusement sur leur siège.

— TOI ! Nartum !

Il se dirigea vers son caporak qui lui aussi attendait anxieusement ses ordres.

— Autour des troupes d'ograkks qui entourent le château, je veux un bouclier impénétrable, un cercle de catapultes et de tours d'attaque remplies d'archers, et parmi les meilleurs, compris ?

Nartum baissa la tête plusieurs fois pour montrer à son maître qu'il avait toute son attention.

— Les autres, continua Khan, tu les posteras à l'arrière des tours. Leur tâche ne sera pas de défendre les tours, mais plutôt de tuer tout ograkk ou tout zarkil qui voudrait déserter son poste.

Khan s'approcha ensuite d'Akaruk.

— Toi et tes mages noirs serez chargés de neutraliser Marabus et son insignifiante élève Kayla Xiim, si jamais elles parviennent jusqu'au château. Ces deux mages, de niveau inférieur, utilisent de ridicules dessins d'enfant pour jeter leurs sorts. Il vous sera donc très facile de conjurer ces sortilèges puérils et de les exterminer toutes les deux.

Khan alla ensuite se placer entre deux des neuf chefs de garnison et posa une main sur l'épaule de chacun.

— Je ne veux voir aucune manœuvre, aucun mouvement de vos troupes. Vos ograkks garderont leur position jusqu'à la fin de la bataille, ou jusqu'à la mort. Ils ne doivent laisser s'infiltrer personne... PERSONNE !

Rodrrak savait que son maître lui réservait la plus grande responsabilité dans cette bataille.

Khan demeura à sa place pour s'adresser à lui, car de son dresseur de dinosaures se dégageaient toujours des effluves absolument malodorants. Il côtoyait un peu trop longtemps ses grands reptiles de la contrée de Jurassium.

— Rodrrak, avec ton assistant, tu conduiras ta horde de dinosaures hors du cercle des tours d'attaque. Au sud du mont Zarron, il y a un étroit passage caché dans l'ombre. Tu attendras là mon signal. Lorsque l'ennemi aura engagé le combat, et lorsqu'il s'y attendra le moins, je te ferai signe avec mon fanion noir. À ce moment-là, tu lâcheras toute la meute pour les prendre à revers.

— Et mes ptéranodons, maître ? demanda Rodrrak. Avez-vous planifié quelque chose pour eux ? Vous ne pouvez les laisser à l'écart après tout ce qu'ils ont réalisé pour vous. Ce sont eux qui ont amorcé la guerre, votre guerre. C'est grâce à mes reptiles volants que les humains ont vécu, il y a maintenant plusieurs années, leur dernier sablier de paix…

Khan avait en effet oublié ces pions si importants de son échiquier de conquête. Tous les visages se tournèrent vers lui.

Le silence qui régnait dans la grande salle fut soudain rompu par un grondement à l'extérieur qui se faisait de plus en plus audible. Khan et tous ses commandorks se précipitèrent sur le grand balcon. C'était comme si le tonnerre jouait la même note sans s'arrêter. Au-dessus du château et de leur tête, une grande machine de métal brillant passa à une vitesse fulgurante. Plusieurs commandorks effrayés par le vacarme se ruèrent pour se mettre à l'abri derrière les murs sécurisants du château.

Khan observa longuement la machine qui s'éloignait. Il sentit, près de lui, la présence de Rodrrak. Ce dernier avait le regard crispé d'incompréhension en direction de l'horizon.

— Maître ! parvint-il enfin à dire. Est-ce un ptéranodon en armure que nous venons d'apercevoir, d'après vous ?

— Non ! lui répondit Khan, Ce n'était qu'une simple machine volante de la contrée oubliée.

— UNE MACHINE VOLANTE ? répéta son commandork. Comment est-ce possible ?

— Avec la magie de leur technologie, lui expliqua Khan, les habitants de cette contrée peuvent faire avancer les chars sans utiliser de bœufs ou de chevaux. Ils parviennent même à les faire voler comme des oiseaux, comme tu as pu le constater.

Khan se tourna vers Rodrrak.

— Tu vas être content, j'ai maintenant une mission pour tes ptéranodons.

Rodrrak était impatient de savoir laquelle.

— Tu vas immédiatement envoyer tout ton escadron attaquer leur campement.

Rodrrak se tourna de nouveau vers l'horizon.

— Mais dans quelle direction ? Je ne sais pas du tout où se trouve votre ennemi, maître.

Khan pointa avec son gros index la machine volante qui n'était plus maintenant qu'un petit point noir dans le ciel.

— LÀ ! NORD-EST ! C'est dans cette direction que tes reptiles volants vont les trouver tous.

Rodrrak posa ses deux mains sur la rampe pour mieux voir au loin.

— Ça sera tout un massacre, maître. Ils transporteront des boules de feu, comme lors de l'attaque à Lagomias. Ça sera un vrai massacre…

8

Nous viendrons lors de...

Aussitôt le grand navire d'Auvilus accosté, Tarass se jeta par-dessus bord pour aller retrouver Santos. Les deux pieds dans l'eau, il avança difficilement jusqu'à son ami. Ce dernier l'accueillit en lui administrant une violente accolade.

— TOUT DOUX ! TOUT DOUX MON AMI ! Tu vas me briser les os.

Santos laissa le jeune homme retomber sur ses pieds.

— Mon cher Santos, commença Tarass. Laisse-moi exprimer toute ma gratitude pour ton aide et celle de tes amis.

Plusieurs *luchadors* se chamaillaient derrière son grand et fort ami d'Aztéka. Ils ne pouvaient jamais s'arrêter.

Kayla et Trixx arrivèrent près d'eux.

— Bonjour, Santos ! lui dit la jeune mage. Nous sommes vraiment contents que tu sois là.

Trixx se contenta de lui faire un grand sourire pour le saluer. Santos le salua à son tour.

Derrière la joyeuse bande de lutteurs, Tarass et ses amis aperçurent tout à coup des guerriers aztékiens qui se reposaient entre les rochers. Il y en avait des centaines. Devant le regard des plus étonné et désapprobateur de Tarass, Santos se lança dans une longue explication pour justifier la présence de ces guerriers sans pitié.

— NON ! ILS ONT CHANGÉ, lui annonça son ami. Les choses ont beaucoup changé à Aztéka depuis votre passage. Tous ces sacrifices, c'est terminé, c'est chose du passé.

— Terminé ! répéta Kayla sur un ton qui laissait paraître clairement son scepticisme. Les innombrables sacrifices humains pour le dieu de ci, et le dieu de ça, c'est fini !

— Oui ! lui confirma Santos. Les dernières personnes à être sacrifiées ont été les prêtres eux-mêmes. Leur histoire leur a appris qu'il fallait qu'ils évoluent pour éviter d'être exterminés, encore une fois. C'est déjà arrivé par le passé et ils ne voulaient pas que tout cela se reproduise, non !

Plusieurs d'entre eux s'approchèrent de la rive du lac et du groupe. Ils portaient tous leur costume de guerre, constitué entre autres de plusieurs pièces d'armure en cuir peint et de longues plumes multicolores. Ces plumes s'élançaient partout autour d'eux et leur conféraient un air très menaçant.

Tarass et ses amis les saluèrent respectueusement.

— Et comment as-tu fait pour les convaincre de combattre à nos côtés ?

— Ce sont de fiers guerriers, Tarass, ils doivent se battre ou mourir. Lorsque j'ai entendu la musique des sifflets de Rhakasa, je leur ai dit qu'il y avait une grande fiesta de bagarres et de têtes coupées à Drakmor. Bien sûr, ils n'ont pas pu résister.

Tarass salua encore une fois les Aztékiens qui se regroupaient de plus en plus autour de lui.

— ¡*Gracias* ! Mes amis ¡*Gracias* ! leur
dit-il.

Le son de sabots percutant le sol rocailleux résonna soudain. Ils tournèrent tous la
tête en même temps.

— DES OGRAKKS ? demanda le fou-
gueux Santos.

Pressé de se battre, il se frottait déjà les
mains.

— Non ! lui répondit Tarass. Ces
monstres à quatre bras ne montent pas les
chevaux, ils les mangent plutôt.

Au loin, deux cavaliers arrivaient dans
leur direction. Le premier, transporté par
son magnifique cheval blanc, portait une
armure faite d'or, tandis que le deuxième
était coiffé d'un armet à longues cornes à la
décoration très élaborée. Avec l'armature
qui protégeait son corps, ce dernier ressem-
blait à un gros homard.

Un Aztékien voulut dégainer son couteau à la lame d'obsidienne, mais Tarass
leva la main pour l'arrêter.

— CE SONT DES AMIS !

Deux autres alliés formidables se joi-
gnaient à lui : l'empereur Auguste, de la

contrée de Romia, et Zutamo, le fils du shogun Yomikio du Japondo.

Tarass ne pouvait contenir sa joie. Avec eux, les forces des alliés venaient de multiplier leur puissance. Ils arrivèrent à sa hauteur.

Tarass salua respectueusement l'empereur, qui le salua à son tour en levant le bras devant lui.

— *AVÉ* TARASS ! prononça très fort Auguste.

— *Ohayo gozaimass !* dit à son tour Zutamo.

Les deux chefs descendirent de leur monture en même temps.

— *Buongiorno*, Auguste.

Tarass le salua de nouveau, puis se tourna vers le Japonais.

— *Ohayo gozaimass*, Zutamo.

Ils se tinrent tous les deux les mains. Ils étaient visiblement très heureux de se revoir. Transportés de joie, Kayla et Trixx les saluèrent très chaleureusement à leur tour.

Auguste pivota et pointa son index vers l'est.

— Nous avons dressé un campement, là-bas, à quelques kilomètres, leur dit-il. D'autres alliés vous y attendent !

— D'autres alliés ? répéta Tarass. De qui voulez-vous parler ?

Les yeux étincelants de Kayla et Trixx s'agrandirent de surprise. Ils étaient tout aussi curieux de savoir de qui il s'agissait.

Auguste et Zutamo aperçurent soudain les mages de Lagomias, les géants à deux têtes et les jeunes de la contrée oubliée qui débarquaient des navires magiques.

— HAI ! TARASS SAN ! lui répondit Zutamo. MAINTENANT, ILS SONT TOUS ARRIVÉS !

— Oui ! répéta Auguste pour lui confirmer la présence de la totalité de ses alliés. TOUS SANS EXCEPTION !

— Buntaro, le lutteur sumo, est au campement, l'informa Zutamo. Il est avec ses sumotoris. Sa bedaine et celle de ses amis sont à ton service. Tous mes samouraïs y sont aussi. Ils sont pressés de te servir.

Zutamo riait…

Tarass se rappelait l'effet dévastateur qu'avait l'abdomen de ses amis corpulents du Japondo.

— Et moi, je ne suis pas venu seul, lui dit à son tour l'empereur de Romia. Lucius le gladiateur m'accompagne, ainsi que tous ses gladiateurs. Romulus aussi est avec nous.

— ROMULUS ! répéta Kayla...

— Oui ! Nous sommes tous là, répéta Auguste.

Mais au fond de lui-même, Tarass savait que quelqu'un manquait à l'appel.

— Mais dites-moi, s'informa Trixx, comment avez-vous fait pour vous reconnaître mutuellement ? Comment avez-vous su que vous étiez alliés, et non ennemis, la première fois que vous vous êtes vus ?

— Très facile, Trixx san, lui répondit Zutamo. À Drakmor, si tu possèdes deux bras, tu es ami, si tu en possèdes quatre, tu es ennemi...

Trixx souleva l'un de ses deux sourcils pour imiter Spuck, un grand sage de Moritia.

— C'est logique ! estima-t-il. Très logique...

Près de Trixx, son ami Tarass semblait un peu perdu dans ses pensées.

— Quelqu'un manque à l'appel, lui dit-il tout bas.

Trixx cherchait à qui son ami faisait allusion.

— Qui manque à l'appel, Tarass ? s'enquit Auguste qui avait entendu sa remarque. QUI ?

Leur conversation s'arrêta lorsqu'un sifflement de plus en plus audible se fit entendre. Un projectile arrivait dans leur direction.

— C'est une flèche ! constata Zutamo en reconnaissant immédiatement ce son particulier… UNE FLÈCHE ARRIVE VERS NOUS DE TRÈS, TRÈS LOIN.

— PLANQUEZ-VOUS ! NOUS SOMMES ATTAQUÉS ! hurla Trixx.

Il se laissa choir sur le sol. Les autres l'imitèrent.

À leur grand étonnement, Tarass demeura debout.

— MAIS TU ES FOU ! cria encore Trixx. TU VAS TE FAIRE TUER !

Tarass resta complètement immobile, un sourire aux lèvres. Une longue flèche se planta soudain directement entre ses deux jambes. Il se pencha pour l'extirper du sol, puis se mit à l'examiner. Elle portait des petits motifs turquoise. Encore une fois, un large sourire éclaira son visage.

— Je savais que quelqu'un manquait à l'appel…

Il examina le paysage rocailleux. Au loin, à plus d'un kilomètre, il aperçut une minuscule tête chevelue qui sortait de derrière un rocher…

— Maintenant, tout le monde est là ! annonça-t-il, heureux, à ses amis toujours couchés sur le sol.

C'était Frisé, l'archer émérite de Nifarii, la reine d'Égyptios…

— Ça va barder ! déclara-t-il en hochant la tête. Si la reine nous a envoyé Frisé, c'est que ça va barder.

Kayla se releva.

— Tous tes amis t'avaient dit qu'ils viendraient lors de la dernière bataille, lui rappela-t-elle. Eh bien, ils ne t'ont pas menti. Ils ont tous tenu leur promesse. Ils sont la preuve que le temps de la dernière bataille… EST ARRIVÉ !

Près d'eux, la surface du lac commen-çait dangereusement à s'agiter.

— Le Tzunamir ! s'exclama Auvilus. Je crois que nous devrions partir.

— Et tes bateaux ? s'inquiéta Tarass.

— Ne t'en fais pas ! lui répondit le mage. Ils sont magiques. Ils ont la capacité de s'adapter à toutes les conditions, mer calme ou complètement déchaînée. Je les retrouverai bien un de ces jours, intacts quelque part sur l'atoll, c'est certain...

Le plan des alliés

Au campement, les arrangements en vue de ce que tous espéraient comme le dernier affrontement allaient bon train. Les soldats romains d'Auguste l'empereur avaient dressé des tentes partout, pour tout le monde. Ils étaient passés maîtres dans ce type de préparatifs. Les abris portatifs et démontables allaient offrir une dernière aire de repos, plutôt confortable, aux alliés.

Dans la partie réservée à l'entraînement, les soldats de toutes les contrées partageaient leur expérience de combat. Ceux qui avaient combattu des ograkks, mais qui avaient eu la chance de s'en sortir vivants, devaient décrire aux autres la technique de combat des soldats de Khan.

Tarass savait cependant que les tentes blanches contrastaient avec le sol noir. Le danger d'être repérés par leurs ennemis était grand et bien réel. Il était même… TRÈS PROBABLE !

Pressé par le temps, Tarass avait réclamé une réunion d'urgence. Sous un grand chapiteau, dressé comme un château pour le confort de l'empereur de Romia, Tarass avait réuni les chefs de chaque groupe : Auguste, Lucius, Romulus, Zutamo, Alex, Santos, Jorkum l'Aztékien, Frisé, Fikos et Fiquos, Auvilus, Marabus. Max le pilote d'avion était là lui aussi.

C'est lui qui apprit à Tarass que son amie Ryanna avait été attachée au sommet de la tour du donjon. Il l'avait vue de ses propres yeux lorsqu'il avait survolé les fortifications de Khan pour l'attaquer. Il s'était bien sûr ravisé. Bombarder de missiles le château était donc hors de question, tant que la jeune femme se trouverait à cet endroit.

Cette information allait forcer Tarass à apporter quelques petites modifications à son plan. Il devait certainement y avoir une solution. C'est avec ses amis qu'il espérait en trouver une.

Une partie des murs en toile se mit soudain à vibrer. C'était Buntaro qui entrait pour se joindre à eux.

Ce dernier sourit à Tarass, Kayla et Trixx avant de prendre sa place.

Après avoir fait les présentations, et décrit les qualités militaires de chacun, Tarass fit part à ses amis de la première partie de son plan d'attaque, qu'il avait élaboré à la chandelle pendant ces longues soirées à errer entre les murs du labyrinthe de Zoombira. Il transmit à tous les détails de son projet d'attaque et exigea d'eux une réalisation stricte, en insistant sur la suite très ordonnée des opérations planifiées.

Auguste, qui était lui aussi un fin stratège, considérait le plan de Tarass comme un chef-d'œuvre de manœuvres militaires.

— C'est nouveau et audacieux, commenta-t-il avec sa fougue habituelle. Khan ne pourra pas prévoir ce qui va lui tomber dessus, c'est impossible.

— Comme nous avons pour ainsi dire les mains liées et que nous ne pouvons pas détruire le château avant d'avoir libéré Ryanna, résuma Auvilus, qu'est-ce que tu prévois faire, Tarass ?

Max fulminait de ne pas pouvoir faire sauter le château avec ses armes destructrices. Il eût été si facile de tout détruire. De toute évidence, Khan aussi était doué dans l'art de la guerre.

— Dommage que je ne puisse pas utiliser mes missiles ! ragea-t-il. Tout serait déjà terminé…

Trixx se tourna vers lui.

— TES… MISS ÎLES ? répéta-t-il, frappé d'étonnement. Tu as des Miss îles ? Tu as des reines de beauté qui proviennent des îles comme… GUERRIÈRES ?

Max crispa son regard d'incompréhension.

— Mais non ! précisa Kayla à Trixx. Des missiles, pas des Miss îles.

Trixx ne semblait pas mieux comprendre, malgré l'explication de son amie.

— Laisse faire ! lui conseilla-t-elle.

Trixx haussa les épaules en arborant un air perplexe.

— Il nous faudra trouver une façon de libérer ton amie Ryanna, déclara Zutamo pour ramener tout le monde à la discussion. Nous n'avons pas le choix, si nous voulons espérer tout détruire et ainsi nous débarrasser de Khonte Khan.

Tarass se tourna vers Max.

— Max, tu es le seul à avoir vu le château. Peux-tu nous le décrire ?

— C'est un château comme beaucoup d'autres, commença-t-il, sauf qu'il est entouré de montagnes d'ossements blanchâtres. Et entre ces amoncellements morbides et la grande construction sombre juchée sur un cap protégé par des douves de sang, les troupes d'ograkks nous attendent...

Tous le dévisageaient.

— Des douves remplies de sang ? répéta Buntaro pour être sûr d'avoir bien compris.

Max fit un signe de tête affirmatif, imité par Marabus.

— Elles contiennent un liquide rouge ! Il ne peut pas s'agir de peinture, alors...

Marabus se tourna vers Tarass.

— Qu'il s'agisse de sang ou d'un quelconque liquide acide, il est inutile d'envisager de les traverser avec une simple embarcation.

— Je suis tout à fait d'accord ! admit Trixx en se rappelant trop bien ce qui s'était passé dans l'un des pièges de Shiva Khan.

— Il faut absolument que nous trouvions un moyen de me faire traverser les douves de sang pour que je puisse atteindre le cap, et le château, réfléchit Tarass. Si j'y parviens, je pourrai abaisser le pont-levis pour vous permettre d'entrer à votre tour.

— Nous pourrions utiliser l'une des catapultes de Khan pour te projeter de l'autre côté, suggéra Trixx. Il y en a partout sur le champ de bataille.

— Pour que Tarass s'écrase sur l'un des murs de pierre du château comme une mouche sur un pare-brise ! s'écria Alex. C'est complètement idiot comme idée.

— Quoi ? s'exclama Trixx, offusqué.

De plus, comme tous ceux qui n'avaient jamais conduit de voiture, il ne pouvait s'imaginer l'image d'une mouche écrasée sur un pare-brise.

— Alex a raison, renchérit 4-Trine. Il faut trouver autre chose.

— Non ! Moi, je pense que Trixx a une très bonne idée, s'exclama à son tour Zoé. Il ne faut pas trouver autre chose, mais plutôt une autre façon de procéder.

— Je pourrais peut-être te lancer, proposa Fikos. Je pense que je serais capable de t'envoyer très loin, par-dessus les douves.

— Mais Fiquos, euh… Fikos, je veux dire, se reprit Kayla. Notre problème n'est pas la façon de l'envoyer de l'autre côté, c'est plutôt l'atterrissage qui nous embête.

Tout le monde réfléchissait.

— J'AI TROUVÉ ! s'exclama Tarass. Je vais avoir besoin de quelqu'un qui sait raccommoder des vêtements.

Tous ses amis le fixèrent, incrédules. Quel était le rapport avec l'idée de la catapulte ?

— Moi, je sais coudre ! répondit Zoé.

— Moi aussi ! dit Kayla. Mais quelle est ton idée ?

Il s'assit confortablement et expliqua sa stratégie afin d'accéder au pied du château de Khan.

— Vous allez me donner tous vos vêtements, commença-t-il.

— QUOI ! s'indigna son amie Kayla sans attendre la suite. Nous allons combattre… COMPLÈTEMENT NUS POUR CRÉER UNE DIVERSION ?

— Mais non ! Calme-toi ! Je vais prendre tous les vêtements que vous pourrez me donner. Ensuite, Zoé et toi les assemblerez bout à bout avec du fil. Le moment venu, vous n'aurez qu'à les étendre par terre pour que Fikos et Fiquos puisse me rouler à l'intérieur, jusqu'à ce qu'une grosse boule de tissu se forme autour de moi. Il ne vous restera plus qu'à solidifier avec du fil la dernière pièce de vêtement. Vous pourrez ensuite me catapulter de l'autre côté des douves, et lorsque je percuterai le sol, l'épaisse couche de vêtements amortira ma chute au point que je ne sentirai absolument rien. Avec mon bouclier, je couperai les vêtements pour sortir.

Tous se regardèrent sans savoir quoi dire.

— C'est ce que je pensais depuis le début ! lança Alex pour briser le silence. Cette idée est complètement ridicule.

— Non ! s'exclama tout à coup Marabus. C'est complètement fou, mais c'est aussi complètement génial.

— Vous trouvez, madame la mage ? demanda Alex. Vraiment ?

— Évidemment ! persista Marabus,

emballée par l'idée. Ce sont toujours les idées les plus incongrues qui donnent les meilleurs résultats. C'est ce qu'il faut retenir de l'histoire des guerres. Les châteaux les plus imprenables ont souvent été envahis à l'aide de moyens, disons, pas toujours « propres ». Prenons l'exemple des fortifications de Kashimir. Une troupe de soldats ennemis est parvenue à s'introduire très facilement dans la tour principale en passant par les égouts crasseux du château.

— Alex, aimerais-tu ramper dans ce tuyau infect ? Je suis certaine que non !

Alex grimaça.

— Hum ! fit-il pour s'éclaircir la gorge. Finalement, je pense que le truc de la boule de vêtements est une, euh… très bonne idée…

Tarass sourit pendant quelques grains du sablier, puis s'écria :

— ALLEZ ! TOUT LE MONDE AU TRAVAIL !

* * *

De la plus haute tour de son château, Khan observait l'horizon. Une dizaine de ptéranodons s'éloignaient entre les nuages, en transportant avec eux plusieurs tonnes de boules enflammées. Une grande satisfaction pouvait se lire dans ses yeux. La dernière bataille allait bientôt commencer...

En bas, de l'autre côté des douves de sang, au pied de ses sombres fortifications, ses armées exécutaient ses ordres dans les moindres détails. Des dizaines de milliers d'ograkks armés jusqu'aux dents étaient entassés tout autour du château. Un peu plus loin, environ un millier d'ograkks archers étaient équipés de plus d'un million de flèches.

Pour couronner cet impénétrable moyen de défense, des tours d'attaque attendaient l'ennemi de pied ferme. Ces solides constructions métalliques pouvaient au besoin se mouvoir sur le champ de bataille grâce à un immense zarkil caché et protégé dans leur base. Juchés très haut, hors de portée, les ograkks archers pouvaient ainsi à leur guise arroser leurs adversaires de flèches empoisonnées.

Au sud du mont Zarron, dans l'étroit passage caché dans l'ombre de la montagne, Rodrrak attendait avec sa horde de reptiles géants. Il était prêt à prendre l'ennemi en souricière lorsque Khan lui donnerait le signal, c'est-à-dire lorsqu'il agiterait le fanion noir arborant un serpent avec une tête à cornes. Une fois la guerre gagnée, ce fanion emblématique serait dressé au sommet de la tour de Pise à Romia, au cœur de l'atoll, afin de montrer à tous que Zoombira lui appartenait dorénavant…

Mauvais souvenirs

Dans une vaste vallée qui s'étendait à perte de vue de tous les côtés, Tarass et tous ses amis progressaient en direction du château de Khan. La grande construction lugubre pouvait être aperçue au loin.

Ils défilaient tous en colonne, les géants à deux têtes un peu en retrait mais suivant non loin derrière. Ils avaient la responsabilité de tirer et de protéger le chariot qu'ils avaient construit avec des bouts de branches et qui contenait tous les vêtements cousus bout à bout. Par leur contribution, les alliés avaient permis à Kayla et Zoé de confectionner une protection suffisante pour que Tarass puisse traverser les répugnantes douves de sang de Khan.

Le soleil était à son zénith, en plein centre du ciel dégagé mais d'un gris étrange. C'était le milieu de la journée, et tant d'évènements s'étaient déjà produits...

Dans le ciel, Tarass aperçut soudain un seul nuage qui, curieusement, se déplaçait dans leur direction.

— Tu as remarqué ce nuage ? demanda-t-il à Kayla sans s'assurer que c'était bien elle qui était derrière lui.

La jeune mage n'avait rien entendu, car elle était perdue dans ses pensées. Elle se remémorait les paroles de sa tante. « Deux sur trois ! » C'est ce qu'elle lui avait dit lorsqu'elle était venue les rejoindre à Greccia. Selon le grand prophète Amrak, seuls deux d'entre eux auraient la vie sauve. Kayla savait qu'elle ne reviendrait pas...

Imprégnée de ce sentiment et songeant à sa mort prochaine, elle voulut tout de suite crier très fort pour que tous puissent entendre : « Tarass ! Je t'aime, je t'aime plus que tout. »

Elle s'arrêta et inspira un bon coup, prête enfin à le lui dire. Mais au même moment, Tarass s'arrêta lui aussi et se retourna.

— KAYLA ! Mais tu es sourde ! Regarde là-bas, c'est quoi ce drôle de nuage noir qui se dirige vers nous ?

Elle leva la tête vers le ciel et s'exclama, prise de panique :

— C'est comme à Lagomias ! C'EST COMME À LAGOMIAS !

Trixx, Marabus et tous les autres se tournèrent vers elle pour ensuite porter leur regard au loin.

— Des ptéranodons ! constata Trixx. ET ILS TRANSPORTENT DES BOULES DE FEU. ILS VONT NOUS BOMBARDER !

Zoé sortit immédiatement une curieuse petite boîte noire de sa poche et se mit à crier dedans.

— MAX ! MAX ! Est-ce que tu me reçois ?

Tarass, Kayla et Trixx se demandaient ce qu'elle faisait. Ils se mirent à chercher aux alentours.

— Elle parle à Max à l'aide de son portable, leur expliqua Alex. Avec cet appareil, nous pouvons communiquer avec lui même s'il se trouve très loin. C'est la magie de la technologie, comme vous dites.

— Zoumi a réussi à nous connecter à un vieux satellite dans l'espace qui était toujours en état de marche, poursuivit 4-Trine. Il est alimenté à l'énergie solaire, alors il fonctionnera tant que le soleil brillera.

Mais tous ces détails étaient inutiles, leurs trois amis de Lagomias ne comprenant rien de ce charabia…

— OUI ! OUI ! répondit une voix lointaine. JE TE REÇOIS DIX SUR DIX, ZOÉ !

Zoé remit la petite boîte devant sa bouche.

— MAX ! MAX ! répéta-t-elle, heureuse d'avoir la communication. TU DOIS TE MAGNER LE DERRIÈRE ET DÉCOLLER TOUT DE SUITE ! NOUS AVONS SÉRIEUSEMENT BESOIN DE TON AIDE. DES PTÉRANODONS SONT SUR LE POINT DE NOUS ATTAQUER AVEC DES BOULES DE FEU, FAIS VITE !

— COMPRIS ! lui répondit Max sans poser de question. JE M'EN VIENS ! TERMINÉ !

Le premier ptéranodon arriva en volant en rase-motte. Il largua aussitôt toute sa cargaison sur le début de la longue file des alliés et poursuivit son vol. Fikos et Fiquos le géant sauta pour attraper le gros reptile; il le saisit par une aile et le rabattit violemment sur le sol. Le cou cassé, la grande bête volante avait son compte.

La première des huit boules de feu arrivait en diagonale vers Tarass, qui plaça son bouclier juste au dernier grain de sablier. Le gros projectile enflammé s'écrasa sur son arme et lança une pluie d'étincelles autour de lui.

Les sept autres boules étaient regroupées et ressemblaient à un gros météorite d'une intensité incroyable. Kayla et Marabus hurlèrent ensemble une incantation.

— PROKA-TRE-KUG !

Un grand nuage acide se forma au-dessus des alliés et désintégra aussitôt les sept projectiles.

Deux autres ptéranodons larguèrent leur chargement sur les géants à deux têtes. Ces derniers se regroupèrent pour mettre le chariot hors de la trajectoire des projectiles. Tout autour d'eux, les grosses boules enflammées commencèrent à percuter le sol dans un fracas assourdissant. Le feu entourait maintenant complètement le groupe. Le cercle de flammes meurtrières devint un vrai brasier se refermant sur les géants et le précieux chariot.

— LES VÊTEMENTS ! s'écria Tarass pour alerter ses amis. SI NOUS LES PERDONS, NOUS N'AURONS PLUS AUCUNE CHANCE DE RÉUSSIR !

Auvilus et quatre de ses amis se placèrent en cercle, et avec leur bras tendu, ils formèrent un pentagramme. Auvilus ferma ensuite les yeux et soudain, du nuage acide créé par Kayla et Marabus, des éclairs jaillirent et de la pluie se mit à tomber à torrent. L'eau se répandit comme des rapides sur le sol et éteignit instantanément les flammes autour des géants.

— BIEN JOUÉ, AUVILUS ! lui cria Marabus. BIEN JOUÉ !

Auvilus salua respectueusement sa condisciple.

Un sifflement terrifiant résonna aussitôt. Une multitude de petites boules incandescentes et meurtrières s'abattirent sur les guerriers aztékiens. Ces derniers se protégèrent avec leurs boucliers, mais ceux-ci étant fabriqués à partir d'écorces épaisses d'arbres, ils prirent feu. Plusieurs d'entre eux durent s'en débarrasser.

Trois autres reptiles géants survolaient les troupes de samouraïs de Zutamo. Avant même que l'un des ptéranodons décharge sur eux sa cargaison maudite, Zutamo donna un ordre impératif :

— SHURIKEN !

— HAI ! répondirent ses hommes à l'unisson.

Tous les samouraïs sortirent de leur ceinture des étoiles de ninja et les envoyèrent de toutes leurs forces en direction des reptiles. La pluie mortelle de lames effilées comme des rasoirs transperça les membranes fragiles des ailes des reptiles, qui n'arrivaient plus à voler.

Les trois ptéranodons battaient furieusement des ailes, mais perdaient dangereusement de l'altitude. Avec leur chargement de boules de feu, ils s'écrasèrent tous les trois à quelques mètres des samouraïs qui se jetèrent sur eux, katana brandi bien haut. Un carnage épouvantable s'ensuivit.

L'un des ptéranodons avait réussi à se dresser sur ses pattes. Il ouvrit son long bec et happa le bras d'un samouraï. Ce dernier eut le bras cassé. Trois de ses confrères se jetèrent sur le dinosaure pour le décapiter avec leur lame. Le sang du reptile giclait partout.

Consumé par les flammes de manière atroce, le deuxième ptéranodon était à l'agonie et hurlait sa douleur. Un samouraï voulut achever sa souffrance avec son sabre, mais fut arrêté par un autre.

— LAISSE SOUFFRIR CE MONSTRE ! TU OUBLIES QUE CETTE MORT ATROCE NOUS ÉTAIT RÉSERVÉE !

Le troisième reptile avait une jambe cassée. Couché sur son flanc, il gigotait frénétiquement et se tournait pour tenter de se relever, mais c'était inutile. Un samouraï contourna avec précaution son long bec meurtrier et alla lui planter son long sabre au milieu du dos. Le ptéranodon fut agité d'un dernier grand frisson, puis se raidit pour ensuite rester figé.

Déjà loin dans le ciel, les deux ptérano-dons qui avaient réussi à déverser sur les alliés leurs projectiles enflammés avaient continué leur trajet sans s'arrêter. La pre-mière manche fut gagnée par Tarass et ses amis.

Le long et interminable grondement de l'avion de Max se fit enfin entendre. Il passa au-dessus de leur tête à une vitesse folle et vola en direction des deux fuyards. Au sol, tous regardèrent la scène sans bouger.

— Puisque nous sommes sur le point de livrer la dernière bataille, en déduisit Marabus, Khan a dû nous envoyer tous ses ptéranodons. Alors, si Max parvient à exterminer ces deux-là, je ne crois pas que nous en reverrons d'autres. Ces foutues attaques aériennes seront bel et bien termi-nées, en ce qui nous concerne.

— Ça, c'est une très bonne nouvelle ! déclara Trixx. Oui, vraiment.

Tous espérèrent que Marabus disait vrai…

L'avion de Max chargeait toujours dans la direction des reptiles, qui redoublèrent la cadence. C'était comme s'ils se doutaient que toute confrontation avec le grand et brillant oiseau était perdue d'avance.

Lorsque les deux ptéranodons se retrouvèrent dans le champ de mire de son F-18, Max appuya sur les deux boutons du manche à balai. Une double déflagration résonna et, de sous son appareil, deux missiles furent décochés. Pour éviter que l'avion soit atteint par le souffle formidable de l'explosion, Max tira sur son volant pour prendre de l'altitude.

Au bout d'à peine quelques grains de sablier, les deux missiles frappèrent de plein fouet le premier ptéranodon qui vola littéralement en pièces détachées et sanglantes. Sous le souffle puissant de l'explosion, les ailes de l'autre reptile se brisèrent.

Ce dernier tomba en tournoyant longuement dans le ciel, comme une feuille tombée d'un arbre. Lorsqu'il heurta le flanc de la montagne, il s'embrocha comme un vulgaire poulet sur un long pic rocheux…

Tarass, Kayla, Trixx et Marabus sautèrent de joie et leur allégresse se répandit rapidement parmi tous les alliés.

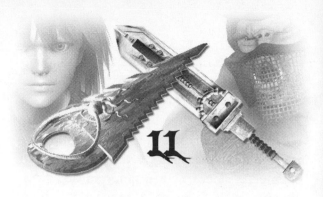

Race éteinte

Khan était toujours posté en haut de la plus haute tour de son château. C'était la place qui lui revenait, la place du chef militaire. De cet endroit à l'écart, il pouvait observer et analyser à sa guise l'évolution de la bataille, et ainsi réagir et s'ajuster, au besoin.

Il se pencha par-dessus la rampe du balcon pour regarder Ryanna. Elle était toujours là, attachée à la paroi du donjon, vivante malgré l'état lamentable dans lequel elle se trouvait. Elle était blême et les longues traces de sang séché sur ses bras contrastaient avec la blancheur de sa peau.

— Tu n'auras plus à attendre très long-temps encore, chère Ryanna, car tes amis sont sur le point d'arriver.

Un faible sourire illumina son visage.

— Tu sais que sous mon balcon, conti-nua de la narguer Khan, c'est toi qui as la meilleure place ? Tu ne pourras rien rater du spectacle : la bataille, la mort atroce de tes amis, ma victoire. C'est une place de choix que tu as là.

— Tu n'as pas idée à quel point tu as raison ! parvint-elle à répliquer à son tor-tionnaire. Si tu me détaches, tu vas voir que je ne te raterai pas moi non plus, le menaça-t-elle d'un dernier souffle.

Khan s'aperçut soudain que sa jeune prisonnière s'était encore évanouie.

— Démone ! s'exclama-t-il avant de se relever. Elle est presque pire que moi.

Au loin, dans la direction où il avait ordonné à Rodrrak d'envoyer tous ses pté-ranodons, un point noir apparut. Khan se frotta les mains.

— AH ! mes chers reptiles volants reviennent, se réjouit-il. Voilà exactement ce que je voulais accomplir : miner leur moral. Une petite attaque-surprise comme celle-là va certainement diminuer l'ardeur de cette chiure de mouche et de sa bande d'excréments. Ce sera pour moi un avantage de plus lorsqu'ils arriveront pour livrer la dernière bataille.

Khan remarqua soudain que le point noir était très brillant. Il se jeta sur la rampe.

— Mais ! Ce ne sont pas mes ptéranodons qui reviennent, constata-t-il, contrarié. C'est cette fichue machine volante.

Max se dirigea vers lui à pleins gaz et passa seulement à quelques mètres de la haute tour pour le narguer. Si près que Khan dut se jeter sur le sol.

L'avion exécuta quelques manœuvres au-dessus des ograkks et disparut ensuite entre les nuages.

Khan se remit sur ses jambes. Il fulminait…

* * *

Dans le passage caché dans l'ombre du mont Zarron, Rodrrak et son assistant préparaient les grands reptiles pour la bataille finale.

— Kalord, souviens-toi ! Tu ne dois pas trop les nourrir, répéta une autre fois Rodrrak à son assistant. Juste ce qu'il faut, pas plus.

— Oui, Rodrrak ! Oui !

Au-dessus d'eux passa soudain l'avion de Max dans un grand grondement. Rodrrak et Kalord levèrent la tête vers le ciel.

— Mais qu'est-ce que c'était, Rodrrak ? demanda son assistant.

— C'EST UNE MAUVAISE NOU-VELLE ! C'EST TOUT ! hurla Rodrrak hors de lui. OCCUPE-TOI DE NE PAS NOURRIR LES TYRANNOSAURES COMME JE TE L'AI DEMANDÉ. JE VEUX QU'ILS SOIENT AFFAMÉS POUR LA BATAILLE !

Comme tous les commandorks de Khan, Rodrrak avait été informé de la présence de cette curieuse machine volante et de ses capacités destructives. Il savait que sa présence ici, en ce moment, signifiait que ses chers ptéranodons avaient tous été exterminés. Pour un maître reptile, c'était une bien triste, et bien sûr, très mauvaise nouvelle.

— Cette race est officiellement éteinte maintenant, regretta-t-il en observant l'avion de Max qui s'éloignait dans le ciel.

Il se remit tout de suite au travail pour oublier sa peine...

— Ces hommes ne perdent rien pour attendre, promit-il la rage entre les dents. Ils n'ont encore rien vu.

En reconnaissance

En moins de deux sabliers, les alliés se retrouvèrent aux portes du château de Khonte Khan. Mais ce périple avait débuté bien avant. Le temps pouvait se compter autant en années qu'en contrées traversées : trois années ou sept contrées…

Tout ce travail pour cet unique et ultime moment qui déciderait de l'avenir de la race humaine. Oui ! Une autre race cesserait d'exister ce soir, mais laquelle : les hommes ou les ograkks ? Là-dessus, les prophéties des deux clans se contredisaient.

Rien de ce qui était arrivé jusque-là ne comptait plus. Le moment présent possédait le futur. Chaque clan devrait se battre jusqu'à la mort pour espérer gagner, et ainsi survivre…

Tarass avait fait appeler Romulus, son minuscule ami de Romia, pour une tâche très délicate, justement parce qu'il était très petit. Seul avec lui, il partit en reconnaissance.

Couchés tous les deux sur le ventre, ils observaient l'ennemi, qui ne se trouvait plus qu'à quelques centaines de mètres d'eux.

— Rémusine a-t-elle eu son bébé ? demanda Tarass, qui se souvenait que la femme de Romulus était enceinte.

— Oui ! murmura ce dernier. C'est une fille.

— Félicitations !

— Elle est magnifique. Nous l'adorons. Nous l'avons appelée Katrita.

Tarass grimaça.

— Katrita ? C'est un prénom plutôt bizarre, non ?

— Mais c'est à cause de vous, bien entendu, lui répondit Romulus.

Tarass tourna la tête vers son ami.

— *Ka* pour Kayla, *tri* pour Trixx, *ta* pour toi, Tarass ! Katrita !

Tarass regarda son ami avec un sourire.

— C'est moins étrange maintenant que tu me l'as expliqué. C'est même joli.

Tarass leva ensuite la tête de derrière le petit rocher pour regarder.

— Des tours d'attaque, des catapultes, des troupes, remarqua-t-il. La stratégie de bataille classique, quoi… Mais je ne comprends pas, il doit y avoir autre chose.

— Tu crois que c'est ce qui nous attend, Tarass ? demanda Romulus. Tu crois qu'il y a autre chose ? Un piège peut-être ?

— Un piège, non ! Plusieurs, oui ! répondit Tarass qui se fiait à son instinct. Nous sommes justement ici pour les localiser afin que nos amis ne tombent pas dans ces trappes infernales.

— Qu'est-ce qu'on fait ?

— Tu es petit, et tout vêtu de noir, lui dit Tarass. Tu vas ramper sur le sol jusqu'au pied de la tour d'attaque devant nous.

— Et si je trouve quelque chose, qu'est-ce que je fais ? demanda Romulus.

— Tu ne tombes pas dedans, d'accord ? Et tu reviens vers mois tout de suite, allez !

— Je ne suis pas un imbécile ! répondit Romulus. J'y vais.

Il posa son avant-bras gauche par terre, puis son avant-bras droit, et commença à avancer en rampant. À peine avait-il fait quelques mètres qu'il sentit sous ses deux bras que le sol était plus mou. Il gratta un peu la surface avec ses doigts et découvrit, cachée sous quelques centimètres de terre noire, une couche de planches très minces entrecroisées.

Par une fente entre deux planches, il constata que cette couverture fragile cachait un trou profond. Tout au fond de ce trou étaient hérissés une multitude de de troncs d'arbre au bout affûté. Des centaines de serpents, sans doute venimeux, se tortillaient entre les pics de ce puits mortel.

Une tour d'attaque entourée de deux catapultes était postée juste au-delà du piège. À la base de la grande construction métallique, Romulus put apercevoir des roues, et derrière une grille protectrice, caché dans le ventre de la tour, un zarkil. Enfin, juchés tout à fait au sommet, plusieurs archers faisaient le guet.

Une odeur de résine vint soudain chatouiller les narines de Romulus, qui reconnut tout de suite cette substance mortelle qui provenait d'un arbre.

— Les archers trempent leurs flèches dans ce poison, en déduisit-il.

Près des deux catapultes, des feux avaient été allumés dans des barils de métal.

— Ah non ! souffla Romulus tout bas. Ils vont encore nous lancer des boules de feu.

Derrière tout ce déploiement, des dizaines de milliers d'ograkks étaient à leur poste, aux aguets.

— Tarass avait raison de se méfier, constata Romulus. Ce monstrueux Khan est vraiment prêt à tout pour éliminer les habitants de l'atoll.

Soudain, alors qu'il examinait le champ de bataille, il eut la vague impression qu'un gros insecte le survolait. Sans regarder de quoi il s'agissait, il donna un coup avec sa main au-dessus de sa tête. Ses doigts heurtèrent un petit objet rond qui tomba et roula devant lui. C'était un œil, tout gluant…

Répugné, il ne put retenir un juron de dégoût.

— Mais qu'est-ce que c'est que cette horreur !

Il en avait assez. Il recula pour retrouver Tarass.

* * *

Romulus rapporta tout ce qu'il avait vu à Tarass et aux autres.

— Et il y a même des morceaux de cadavre, dit-il pour terminer.

— Des bouts de cadavre ? s'étonna Marabus. Quelles parties de cadavre au juste ?

— En fait, je n'en ai vu qu'une seule.

Marabus attendait qu'il continue.

— J'ai vu un œil, et vous allez peut-être trouver ça étrange, j'avais l'impression qu'il me survolait.

Marabus tourna la tête en direction du château.

— KHAN ! Il sait maintenant que nous sommes arrivés et que nous sommes prêts à passer à l'attaque. C'était l'œil de Khan. Il l'a envoyé en reconnaissance…

— Tu aurais dû écraser son œil avec ton pied lorsque tu le pouvais, Romulus, lui dit alors Trixx sans aucune pitié.

— Pouah ! laissa échapper le petit Romain.

* * *

Sur son balcon, Khonte Khan était immobile, comme en transe. Les deux yeux fermés, les mains jointes et tendues devant lui, il demeura longuement dans cette position.

Après un moment, il ouvrit les paupières. Son œil droit était tuméfié et à moitié couvert de terre noire…

* * *

Après que Tarass eut fait passer l'information à tous ses amis, les mages d'Auvilus proposèrent une solution pour combler les trous qui mettaient en péril la manœuvre des alliés.

— Nous allons jeter des graines de Rappik dans chacun des trous, expliqua Auvilus. Les Rappik sont des plantes à fleurs qui se développent très vite lorsqu'elles sont en contact avec de la terre. Leurs racines combleront complètement les trous, ce qui facilitera nos déplacements pendant le combat.

— À quelle vitesse poussent ces plantes ? s'informa Trixx, curieux. Nous n'avons pas toute la soirée.

— Elles atteignent leur maturité en à peine trois grains de sablier, lui répondit un autre mage. C'est une réaction fulgurante.

— Mais, répliqua Trixx, rien ne parvient à pousser à Drakmor. Je n'ai même pas vu une seule brindille d'herbe depuis que nous sommes arrivés.

Auvilus rit très fort.

— HA ! HA ! HA ! Ne crains rien, jeune homme, pour pousser, elles vont pousser, je peux te l'assurer.

Tarass accepta sa suggestion.

— Allez-y ! ordonna-t-il à Auvilus et à ses mages.

— Lorsque vous verrez des grands bacs à fleurs devant les machines de guerre, lui dit le mage, c'est que nous aurons réussi.

— TRÈS BIEN ! lui dit Tarass. Ce sera mon signal à moi.

— Et quel sera notre signal à nous pour passer à l'attaque ? s'enquit l'empereur Auguste.

— Lorsque vous l'entendrez, lui répondit Tarass en le regardant droit dans les yeux, vous saurez que c'est le moment de vous lancer à l'assaut.

Frisé courut passer le mot à tous les autres…

La dernière bataille

En à peine un sablier, la colonne des alliés s'était massée en croissant devant les troupes de Khan. Les deux clans se faisaient maintenant face. Les grognements menaçants des ograkks résonnaient tellement fort qu'on aurait dit un grondement de tonnerre.

À quelques mètres devant ses amis, et face à ses ennemis jurés, Tarass se tenait immobile, frondeur devant tous les ograkks de l'armée de Khan qui observaient la scène avec leur maître.

Une flèche solitaire, tirée par l'un des ograkks, vint se planter plusieurs mètres devant Tarass. Les ograkks hurlèrent leur impatience, car cet impudent se trouvait hors de portée de leurs armes.

175

Très affaiblie, Ryanna leva lentement la tête. Son regard fut attiré par cette grande cohue devant elle. Au loin, elle reconnut tout de suite Tarass. Les trois années de batailles et d'épreuves l'avaient changé, mais c'était bien lui.

Tarass aperçut lui aussi la jeune femme ligotée à la tour. Il écarta les bras pour lui montrer les fleurs qui venaient tout juste d'apparaître autour de lui. Puis, il planta son regard de foudre dans le sien et pointa son index vers elle.

— C'EST POUR TOI, RYANNA !

Il pivota ensuite vers ses amis, en les désignant du doigt.

— EUX AUSSI ! ILS SONT ICI POUR TOI, ET POUR LA LIBERTÉÉÉ…

Tarass venait de donner le signal du début des hostilités.

Placés complètement à l'une des extrémités de la ligne d'attaque, le rapide Zutamo et mille de ses samouraïs se lancèrent à l'assaut. Le premier coup fut donné par les ograkks chargés des catapultes. Le choc assourdissant du mécanisme de plusieurs machines résonna. Dans le ciel sans nuage, plusieurs boules de feu tracèrent de grands arcs en laissant une longue traînée de fumée noire derrière elles.

Zutamo hurlait à ses hommes d'accélérer la cadence. Sa stratégie était de devancer les projectiles enflammés et de passer sous leur trajectoire pour qu'ils frappent le sol derrière ses troupes. La plupart de ses guerriers réussirent, mais quelques-uns, plus lents que les autres, reçurent trois pierres. Le résultat fut désastreux. Plus de vingt samouraïs périrent écrasés ou brûlés vifs.

Leur premier objectif atteint, les samouraïs se dirigèrent vers la tour d'attaque la plus proche. Au sommet de celle-ci, les archers bandèrent leur arc et attendirent que leurs ennemis atteignent une ligne tracée sur le sol. Cette ligne leur indiquait que leur cible était maintenant à leur portée. Lorsque le premier samouraï y posa son pied, toutes les cordes des arcs furent lâchées en même temps.

Plus de cinquante flèches empoisonnées foncèrent sur les samouraïs. Ces derniers, surentraînés, se mirent à danser pour éviter les projectiles. Cette chorégraphie militaire permit à la majorité d'esquiver cette seconde attaque avec brio. Cependant, deux flèches atteignirent deux hommes.

Le premier la reçut en plein centre de son plastron. Le projectile se planta dans son torse, sans toutefois parvenir à transpercer son armure. Le deuxième guerrier eut moins de chance. La flèche trouva une ouverture entre les pièces de métal de son vêtement et pénétra dans son épaule.

Le samouraï sentit aussitôt la douleur s'étendre dans son dos et dans son cou, le poison faisant déjà son effet. Se sachant perdu, il s'agenouilla et se fit hara-kiri avec sa lame d'honneur, son wakisashi, la petite épée servant à commettre seppuku...

Agenouillé devant ses archers, Frisé aligna son arc et décocha huit flèches dans les airs avec une rapidité époustouflante. Comme s'ils étaient munis d'une tête chercheuse, les longs projectiles frappèrent et tuèrent d'un seul coup les huit ograkks chargés de la manipulation de la catapulte. Cette machine de guerre, débarrassée de leurs ennemis, leur appartenait maintenant. Frisé se releva et courut pour en prendre possession.

— VOICI LA CATAPULTE QUI SERVIRA À ENVOYER TARASS DE L'AUTRE CÔTÉ DES DOUVES, hurla Frisé à ses archers qui le suivaient. ÉMOUS ! TRAHUS ! KIROUK ! Vous êtes maintenant responsables de la manœuvre. TOI, TOI ET TOI ! VOUS ALLEZ LES AIDER ! NOUS ALLONS VOUS FRAYER UN CHEMIN.

Frisé se retourna vers la tour d'attaque et tira deux autres fois. Les deux flèches filèrent toutes les deux parallèlement au sol en direction de la tour d'attaque au sommet de laquelle se préparaient à riposter les ograkks archers. Les deux projectiles pénétrèrent et disparurent dans la base de la tour. De la grille, un hurlement rauque de douleur se fit entendre et la tour se mit à vaciller dangereusement.

Comme ils l'avaient planifié avec leur chef, les archers d'Égyptios se positionnèrent près de Frisé, leur arc tendu, et attendirent avec lui. Devant eux, la grande construction métallique tangua longuement, puis s'écroula vers l'avant dans un fracas retentissant.

De son balcon, Khan, en proie à l'inquiétude, observait la scène. Les ograkks juchés tout à fait en haut de la tour d'attaque s'écrasèrent avec elle sur le sol. Plusieurs se brisèrent le cou. Ceux qui eurent plus de chance tentèrent de se relever, mais périrent sous les tirs de flèches meurtriers…

Presque au centre de la colonne, Santos et ses luchadors s'étaient regroupés avec leurs compatriotes d'Aztéka, ainsi qu'avec Buntaro et sa troupe de lutteurs sumos. Ensemble, ils formaient une formidable force de frappe.

— À L'ATTAQUE ! hurla Santos, poing fermé devant lui pour synchroniser leur offensive.

Tels des forcenés, les Aztékiens, assoiffés de combats, se lancèrent en courant vers deux catapultes. Ces deux machines de guerre étaient leur objectif.

Les ograkks aux commandes de ces catapultes, sentant le danger imminent, décochèrent simultanément leur tir. Le bruit du mécanisme constitué de bois et de lanières de cuir résonna et une pluie dense d'une centaine de pierres incandescentes flotta dans les airs vers les alliés d'Aztéka et de Japondo.

Ayant eu un premier contact récent avec ce type d'attaque, les Aztékiens avaient trouvé une stratégie de repli efficace dans cette situation.

Au grand étonnement des ograkks, les Aztékiens avaient déjà rebroussé chemin et étaient retournés à leur position. Les projectiles enflammés frappèrent donc le sol sans toucher aucun ennemi.

Santos cria de nouveau un ordre.

— ALLEZ… MAINTENANT !

Cette fois, deux guerriers seulement, furtifs et très rapides, partirent en trombe vers les deux machines de guerre. Affairés à recharger leur catapulte, les ograkks ne virent pas que deux de leurs ennemis se ruaient vers eux.

Leur machine chargée et prête à tirer une seconde fois, ils se repositionnèrent et attendirent. Loin devant eux, Santos, Buntaro et les autres demeurèrent complètement immobiles. Trouvant leur conduite très curieuse, un ograkk commença à se douter qu'ils tramaient quelque chose, mais il était déjà trop tard.

Rapides comme des prédateurs agiles, les deux Aztékiens s'étaient déjà glissés sous les deux catapultes. Comme le leur avaient expliqué les soldats d'Auguste, les deux guerriers coupèrent avec leur couteau en obsidienne noire la lanière de cuir qui maintenait en place tout le mécanisme de la machine infernale. Le résultat fut dévastateur. Actionné à l'inverse, l'engrenage fit bondir sur ses quatre roues la catapulte qui, projetée vers l'avant, s'écrasa violemment sur le sol.

Pendant que les autres guerriers aztékiens, pour finir le travail, bondissaient sur les ograkks à demi assommés, Santos et Buntaro, suivis de leurs hommes, se lancèrent aussitôt à l'assaut de la tour.

Cependant, au pied de la tour d'attaque, les gros hommes de Santos et Buntaro étaient des cibles faciles pour les archers perchés en haut de la grande construction. Un premier *luchador* s'écroula sur le sol, criblé de flèches. Un deuxième, et un troisième. Deux lutteurs sumos succombèrent aussi. Santos et Buntaro devaient réagir très vite s'ils ne voulaient pas perdre d'autres hommes et leur propre vie si tôt dans la bataille.

Soudain, Santos aperçut le zarkil derrière la grille. Il fit signe à Buntaro et ensemble, ils parvinrent à enfoncer le solide assemblage de barreaux avec leurs épaules. Attaché au bâtiment, le gigantesque zarkil grognait devant eux et ouvrait sa grande gueule parsemée de longues dents mortelles.

Quelques *luchadors* s'engouffrèrent avec Santos et Buntaro au pied de la tour. Un corps à corps sans merci s'engagea ensuite entre eux et la grande créature.

Au sommet de la tour, les ograkks pointaient leurs armes en direction du sol, à la recherche de cibles à exterminer, lorsque tout à coup le haut bâtiment se mit à reculer, écrasant plusieurs ograkks entassés derrière ses grandes roues. Devenue comme folle, la tour continua sa course destructrice. Le moment était venu pour les autres Aztékiens de se jeter dans la mêlée.

Presque euphoriques, ils foncèrent vers les ograkks en brandissant couteaux et lances…

Avec seulement un petit couteau inséré à leur ceinture, Alex, Zoé, 4-Trine et leurs amis de la contrée oubliée rampèrent lentement et discrètement sur le sol en direction de leur objectif : UNE TOUR !

Ils avaient le visage noirci par un épais maquillage, et leur corps était camouflé sous des vêtements foncés qu'ils avaient maculés de terre noire.

L'un après l'autre, ils passèrent sous une catapulte sans faire le moindre bruit. Le front de Zoé était couvert de sueur. La jeune femme savait que si par malheur ils étaient aperçus par un ograkk, elle et ses amis n'offriraient qu'une résistance de principe, puisqu'ils ne portaient qu'une insignifiante petite lame.

Ils progressaient vers leur but lorsqu'une flèche se planta à deux centimètres du nez d'Alex. Ce dernier rampait en tête du groupe. Avaient-ils été repérés ? Il semblait que non, car il ne s'agissait que d'une flèche perdue, signe que cela chauffait sur le champ de bataille.

Arrivé à la tour d'attaque, Alex leva la tête et regarda par la grille. Il se laissa choir ensuite à côté des autres.

— C'est comme Tarass nous l'a dit, leur murmura-t-il, il y a un de ces affreux monstres caché dans la base.

— Un zarkil, tu veux dire ! le corrigea Zoé.

— C'est ce que j'ai dit, une grosse bête idiote.

— Qu'est-ce qu'on attend pour suivre le plan ? s'impatienta 4-Trine. On s'introduit à l'intérieur et on étripe le gros monstre.

Zoumi posa sa main sur celle d'Alex avant qu'il prenne son couteau.

— Que fais-tu ? réagit ce dernier, agacé.

— Je pense que je viens d'avoir une meilleure idée, lui dit Zoumi. Nous allons plutôt escalader la tour et nous positionner à son sommet. Là, nous tuerons les archers pour ensuite attaquer les troupes d'ograkks positionnées au sol.

— Et une fois là-haut, avec quoi allons-nous les attaquer ? lui demanda Zoé. Nous allons leur lancer nos couteaux à légumes ?

— Mais non ! Nous utiliserons les arcs et les flèches empoisonnées, lui répondit

Zoumi. De cette façon, nous retournerons leurs armes contre eux.

Même si cette initiative ne faisait pas partie du plan initial de Tarass, tous étaient d'accord pour dire qu'il s'agissait d'une bonne stratégie.

— Et en plus…, ajouta Zoumi en souriant.

Ses dents blanches contrastaient avec la peau noircie de son visage.

— Si mon intuition est bonne, Alex…

Ce dernier le regarda.

— Tu vas vraiment pouvoir t'amuser.

Alex contourna la structure en rampant. Derrière, il remarqua des petites marches qui montaient jusqu'au sommet de la tour d'attaque. Il comprit alors que les ograkks étaient à la fois d'habiles constructeurs et de parfaits idiots. Ils méritaient bien ce titre pour avoir laissé ces marches à la vue de tous.

Sans attendre, ils s'engouffrèrent dans la tour et gravirent l'escalier. Arrivés au bord, ils purent apercevoir une dizaine d'ograkks qui bougeaient nerveusement. Arcs bandés en direction du sol, ils cherchaient leurs ennemis… ILS LES CHERCHAIENT !

Alex enjamba le rempart de la tour et se jeta sans hésiter sur le premier ograkk. Ses amis l'imitèrent sans perdre de temps. Surpris, les ograkks lâchèrent la corde de leur arc et décochèrent leur tir dans toutes les directions.

Une bagarre s'engagea ensuite.

Très fort, Alex parvint le premier à renverser son adversaire sur les planches et porta son couteau à son cou.

— TU SAUTES OU JE TE TRANCHE LA GORGE ! À TOI DE DÉCIDER !

L'ograkk regarda le rempart; son choix était fait. Sous la menace de l'arme d'Alex, il passa une jambe par-dessus le rempart et se jeta dans le vide, sans hésiter. Caché derrière sa grille, le zarkil sursauta en voyant le corps de l'ograkk se disloquer en heurtant violemment le sol. Les cris et les coups résonnaient dans la structure. Très haut au-dessus de sa tête, la bagarre faisait rage.

Aidés d'Alex, Zoé et Zoumi prirent trois ograkks en souricière. Alex pointa le rempart avec son couteau. Les trois ograkks imitèrent le premier et le zarkil sursauta trois autres fois. Devant lui, les corps s'accumulaient. Six autres suivirent avant que le tumulte ne cesse finalement dans la grande construction.

Désormais seuls au sommet de la tour d'attaque, Alex et ses amis se félicitaient de cette prise. Alors qu'ils jouissaient de leur victoire, un grondement provenant du ciel résonna soudain. C'était Max, dans son avion. Lorsque ce dernier exécuta une courte passe près du champ de bataille, il les aperçut au sommet de la tour.

Pour saluer ses amis, il laissa une traînée de fumée verte derrière son appareil. Poings levés, Alex, Zoé et tous les autres lui retournèrent son geste.

Max traça une grande courbe dans le ciel pour vérifier si Ryanna était toujours ligotée au donjon de Khan. Il savait que lorsqu'elle n'y serait plus, il pourrait bombarder le château du conquérant à sa guise. Après avoir vu Ryanna dans la même position qu'au début, il s'envola au loin, impatient d'entrer en action lui aussi.

Alex remarqua que Zoumi était agenouillé sur les planches et examinait deux curieux leviers en bois placés vers l'avant de la tour. Il en poussa un légèrement vers l'avant. Aussitôt, la tour avança d'un quart de tour vers la droite. Tous ses amis s'accrochèrent au rempart pour ne pas tomber.

Il poussa l'autre levier et la tour avança une seconde fois, mais cette fois-ci vers la gauche. Ses amis s'accrochèrent à deux mains.

— MAIS EST-CE QUE C'EST TOI QUI AS FAIT ÇA, ZOUMI ? lui demanda Zoé.

Un large sourire éclaira le visage du frêle garçon. Il se retourna vers Alex.

— JE LE SAVAIS ! s'exclama-t-il, les yeux brillants. Je t'avais dit que tu t'amuserais.

Alex ne comprenait pas.

— Tu vois ces deux leviers ? lui montra Zoumi. Ils servent à faire avancer la tour et à la diriger.

Zoumi poussa une seconde fois le levier de gauche et la tour se mit à bouger encore une fois d'un quart de tour.

Les yeux d'Alex s'agrandirent d'excitation.

— Ces leviers sont directement reliés au zarkil qui se trouve en bas. Nous pouvons maintenant aller où nous voulons avec cette tour. Elle n'est pas aussi rapide que l'était ton bolide qui a été englouti par le Tzunamir, mais sois certain qu'elle va faire un de ces ravages.

Alex se plaça derrière les commandes avec l'intention de profiter de son nouveau pouvoir.

— TENEZ-VOUS BIEN ! hurla-t-il à ses amis avant d'actionner les deux leviers.

Des roches enflammées tombaient comme une pluie torrentielle autour de Lucius, qui avançait avec les autres gladiateurs. Protégés par leur bouclier, ils parvinrent à encercler la catapulte sans même perdre un seul homme.

Pour venir en aide aux ograkks pris en traquenard sur la catapulte, les archers perchés tout en haut des deux tours voisines arrosèrent les gladiateurs d'un feu nourri de flèches.

Suivant leur plan, les gladiateurs se rapprochèrent de la machine de guerre, si près que tous les archers n'eurent pas le choix de cesser leur tir, de crainte de tuer l'un des leurs.

Lucius passa à la troisième partie de leur tactique. Lorsque huit de ses hommes se placèrent deux par deux devant chacune des roues de la catapulte, il embarqua avec tous les autres sur la machine pour affronter les ograkks.

Un premier ograkk l'accueillit en se jetant sur lui avec un flambeau dans la main. Pour éviter d'être brûlé, Lucius pivota sur lui-même, puis, sans même regarder, fit tourner son glaive dans sa main pour le tenir comme un poignard. D'un seul coup, il trancha la gorge de l'ograkk.

Le flambeau quitta la main de la créature à quatre bras et dégringola en bas de la plateforme de la catapulte. Il roula ensuite longuement sur le sol et s'arrêta lorsqu'il atteignit l'un des deux amas de roches recouvertes d'huile. Celles-ci s'enflammèrent aussitôt dans un grand brasier. La lumière vive et blanche que projetait le grand feu aveuglait les archers des deux tours.

Sur la catapulte, de l'autre côté du long bras de la machine, trois ograkks tuèrent un gladiateur en lui enfonçant son propre trident effilé en plein cœur. Lucius et deux autres de ses amis sautèrent par-dessus la longue poutre en bois pour le venger.

N'ayant que le trident pour se défendre, les trois ograkks furent neutralisés et massacrés avec rapidité.

Sur la catapulte, il ne restait plus qu'un seul ograkk qui n'avait que ses quatre poings pour se défendre. Il eût été très facile de l'envoyer rejoindre ses ancêtres, mais Lucius se ravisa, car il savait que lorsque ce dernier serait tué, les archers recommenceraient à les bombarder de leurs flèches empoisonnées, lui et ses gladiateurs. Il eut tout à coup une idée géniale.

En menaçant le dernier ograkk avec son glaive, Lucius le fit monter sur le long bras jusqu'à l'immense cuillère, laquelle servait à recueillir les roches enflammées qui allaient être projetées. Ensuite, il demanda à ses hommes de tenir l'ograkk en joue pour qu'il puisse s'adresser à ses gladiateurs restés au sol. Au sommet des deux tours, les ograkks archers attendaient avec impatience.

— UN QUART VERS LA DROITE ! cria Lucius aux huit gladiateurs qui se tenaient derrière les roues.

La catapulte bougea lentement vers la droite. Un ograkk archer, perché sur la tour de droite, comprit ce que Lucius et ses hommes manigançaient. Il hurla aux autres de viser tout de suite les légionnaires au sol.

Une flèche atteignit un rétiaire et lui transperça le bras de part en part. Terrassé par le poison fulgurant, il s'écroula dans une dernière convulsion, obligeant la catapulte à s'arrêter à mi-chemin.

Un autre gladiateur sauta de la machine pour le remplacer. La catapulte maintenant placée vis-à-vis de la tour, Lucius poussa le levier avec son pied.

Le long bras de la machine se déploya aussitôt et l'ograkk se retrouva projeté dans les airs. Son très court envol se termina abruptement au sommet de la tour où il s'écrasa violemment. Le cou cassé, il retomba sur le sol. Le poids de son corps venait de faire pencher dangereusement la tour d'attaque.

Voulant éviter la catastrophe, l'ograkk responsable de manœuvrer la tour tenta de la ramener sur ses quatre roues. Il poussa cependant le mauvais levier. Le zarkil caché dans la base n'avait d'autre choix que de suivre la manœuvre. Il poussa de toutes ses forces vers la droite, ce qui amplifia l'effet de retour de la haute construction.

Assurés maintenant que la tour allait tomber et que, par conséquent, ils avaient atteint leur premier objectif, Lucius et ses hommes déguerpirent avant de se faire écraser.

Loin à l'écart, ils observaient le merveilleux et très réjouissant spectacle qui s'offrait à eux. La tour chancelante retrouva sa verticale, mais poursuivit rapidement sa course pour aller s'écraser sur la catapulte, puis sur la deuxième tour. Trois machines venaient d'être détruites.

Des dizaines de boules de feu de toutes tailles déferlaient comme une pluie orageuse autour de l'empereur Auguste et de sa légion. Ayant souvent fait face à ce genre de situation, il avait développé une tactique assez simple. Par groupes de quatre-vingts hommes, ses soldats devaient se rassembler et constituer une tortue. Ils formaient ainsi un rectangle parfait de huit soldats par dix, cachés et protégés par leurs solides boucliers placés parfaitement l'un à côté de l'autre.

Cette façon de combiner tous les moyens de combat dans le cadre d'une stratégie paya encore une fois. Tous les soldats de l'empereur, sans exception, parvinrent à traverser le barrage de flèches. Sans avoir perdu un seul homme, les troupes d'Auguste atteignirent le pied de plusieurs tours d'attaque.

Cachés sous leurs boucliers, les soldats romains des soixante tortues firent glisser simultanément sous chacune des tours un long bélier. Cette grosse poutre ayant à l'une de ses extrémités une masse métallique servait habituellement à enfoncer les portes des lieux assiégés. Maintenant, elle allait servir de levier.

Chacune des soixante divisions attendait d'Auguste le signal, qui ne tarda pas à venir. En retrait avec son état-major, il abaissa son bras. Les quatre-vingts soldats de chaque formation conjuguèrent leurs forces jusqu'à ce qu'ils parviennent à renverser leur tour.

Le grand vacarme que firent les soixante tours qui s'écroulèrent en même temps secoua le sol comme un tremblement de terre. Beaucoup de catapultes furent brisées et écrasées.

Nerveux, Khan bougea la tête de gauche à droite. Devant le château, il ne restait qu'une seule tour debout. Elle était là, encore dressée sur ses roues. Khan ne comprenait pas pourquoi elle écrasait ses ograkks en avançant directement vers le château… DIRECTEMENT VERS LUI !

La fureur sanguinaire de Khan

La première ligne de défense de Khan complètement anéantie, il ne restait plus que les dizaines de milliers d'ograkks à combattre pour se rendre au château. Derrière ses alliés, qui avaient engagé le combat avant lui, Tarass patientait avec Kayla, Trixx et Marabus. Cette dernière, avec la longue-vue du mage Auvilus, surveillait de près les allées et venues au château et épiait les moindres faits et gestes de Khan.

Oui, Tarass conservait ses forces pour sa confrontation avec Khan. Il attendait le moment propice pour agir et jouer son rôle de sauveur de l'atoll. Pour cela, il avait gardé avec lui Fikos et Fiquos et les autres géants à deux têtes qui protégeaient le chariot contenant les vêtements cousus ensemble.

Près de lui, Trixx n'en pouvait plus de ne rien faire. Il dansait nerveusement sur place.

— Mais qu'est-ce que nous attendons ? finit-il par demander à Tarass. Tous nos amis sont en pleine bagarre, et nous, qu'est-ce que nous faisons ? Rien ! ABSOLUMENT RIEN !

— Nous ne faisons pas rien, le corrigea Tarass, nous attendons, nuance ! C'est stratégique.

Trixx le regarda d'un air hébété.

— Eh bien, pour moi, attendre est synonyme de ne rien faire, tu vois.

Tarass observait la tour conduite par Alex qui, lentement, se frayait un chemin et progressait vers les douves de sang du château. Derrière elle, il reconnut la bande d'archers un peu fous de Frisé qui dégageaient la voie devant la catapulte qu'il était parvenu à s'approprier. Tout se déroulait comme prévu, et mieux même, lorsque tout à coup, Tarass fut assailli par un très affreux sentiment, le sentiment qu'il avait oublié quelqu'un, quelque chose, un petit détail.

Il en fit part à Kayla et à Marabus qui le rassurèrent.

— Non ! Je ne crois pas que nous ayons négligé un détail, lui répondit Kayla pour le rassurer, sans trop réfléchir.

De son côté, Marabus revoyait dans sa tête l'ensemble du plan : les ordres des alliés, la catapulte, la tour, Ryanna, le rôle de Tarass, Khan, les zarkils, les ograkks, les…

Elle s'arrêta et tourna les yeux vers Tarass. Sa respiration était très forte.

Comprenant qu'elle venait de trouver la faille dans leur plan, Tarass la dévisagea lui aussi…

— Les dinosaures ! lui dit-elle sur la fin d'un souffle. Ils vont bondir et nous prendre à revers.

Tarass se tourna lentement pour vérifier derrière lui.

Sur son balcon, exaspéré et le regard furibond, Khan en avait vu assez. Il brandit son fanion au-dessus de sa tête et l'agita.

Perché sur les plus hauts rochers, Kalord, l'assistant de Rodrrak, aperçut le signal. Il dévala rapidement la pente pour le dire à son chef.

Tarass regardait nerveusement à l'horizon. Il savait que cet oubli pouvait causer sa perte et celle de tous ses alliés. Il se tourna vers Kayla et Marabus, un grand désarroi se lisant sur son visage.

— Est-ce que vous pouvez faire quelque chose ? les supplia-t-il. Le pouvez-vous ?

Marabus s'approcha de lui.

— Je ne le crois pas, nous ne savons même pas où ils se cachent. Comment veux-tu que nous intervenions ?

Il se retourna ensuite vers son amie qui, immobile, regardait le ciel.

— MAIS QU'EST-CE QUE TU FAIS, KAYLA ? IMPLORER LE CIEL NE NOUS AIDERA PAS !

Elle se retourna vers lui.

— Quelquefois, oui ! lui répliqua-t-elle.

Elle leva son bras et pointa dans les airs un point noir qui grossissait à vue d'œil.

— MAX, lui, peut faire quelque chose !

Le grondement de l'appareil de Max se faisait de plus en plus audible.

Tarass s'approcha de son amie.

— Crois-tu qu'il nous apercevra en passant si nous lui faisons de grands gestes avec nos bras ?

— Aucune chance ! lui garantit Kayla. Il va beaucoup trop vite et il est beaucoup trop haut.

— Si Fikos et Fiquos le fait ?

— Non plus !

Elle plongea alors la main dans son pactouille pour en sortir… LE PORTABLE DE ZOÉ !

— Mais avec ça, dit-elle en brandissant le précieux objet, nous pouvons facilement communiquer avec lui !

— Mais comment se fait-il que Zoé te l'ait laissé ? demanda Tarass.

— Il est tout à fait normal que ce soit nous qui l'ayons en notre possession, puisque nous sommes les plus hauts placés dans la chaîne de commandement.

Tarass lui arracha littéralement le petit appareil de la main, pour tout de suite se mettre à crier devant.

— MAX ! MAX ! EST-CE QUE TU M'ENTENDS ? MAX !

Kayla lui montra une petite plaque rectangulaire sur le côté de l'appareil.

— Tu dois appuyer là-dessus si tu veux lui parler.

Tarass pressa très fort sur le petit rectangle et fit une deuxième tentative.

— MAX ! MAX ! EST-CE QUE TU M'ENTENDS ? MAX !

— Lorsque tu as fini de parler, si tu veux entendre la réponse, je te suggère de laisser le rectangle, l'avisa Kayla.

Son ami suivit tout de suite son conseil.

Quelques grains du sablier s'écoulèrent avant qu'une voix se fasse entendre…

— TARASS ! TARASS ! C'EST TOI ?

Ce dernier appuya rapidement sur le rectangle.

— OUI ! OUI ! C'EST MOI ! ÉCOUTE, MAX, NOUS AVONS UN PETIT PROBLÈME.

— Petit problème ? répéta Kayla. Lorsque l'on parle de dinosaures, c'est tout, sauf un petit problème.

Tarass lâcha le rectangle.

— QU'EST-CE QUE JE PEUX FAIRE POUR TOI ? s'enquit Max, qui n'avait pas oublié que le jeune garçon lui avait sauvé la vie. TOUT CE QUE TU VEUX !

— NOUS NE SAVONS PAS OÙ SE SONT CACHÉS LES DINOSAURES DE KHAN. SI NOUS NE LES RETROUVONS PAS TRÈS VITE, JE CROIS QUE NOUS SERONS PRIS EN SOURICIÈRE ! PEUX-TU FAIRE QUELQUE CHOSE ?

Trois grains de sablier s'écoulèrent avant que Max réponde.

— IL NE ME RESTE QUE DEUX MISSILES ! JE DOIS EN CONSERVER UN POUR LE CHÂTEAU ! AVEC L'AUTRE, JE VAIS VOIR CE QUE JE PEUX FAIRE ! TERMINÉ !

Tarass remit le portable à Kayla.

— Espérons qu'il réussira, dit-il, l'air grave.

Sur l'ordre impératif de Khan, deux ograkks abaissèrent le pont-levis au-dessus des douves de sang, pour permettre à Akaruk et aux douze autres mages noirs de sortir du château.

Parce que l'un de ses ograkks était parvenu à identifier Tarass parmi ses ennemis, Khan envoya ses sorciers avec la mission de revenir avec la tête du ravageur. Il fallait cependant que la tête coupée de Tarass soit parfaitement reconnaissable, car du haut de son balcon, Khan projetait de la brandir devant tous les alliés afin de faire tourner la bataille en sa faveur. Il croyait que l'ennemi, privé de son chef, se soumettrait sans condition et que de ce fait il gagnerait enfin la guerre.

Akaruk se fraya un chemin jusqu'aux limites des troupes où la bataille faisait rage. Sur le sol noir, le sang des ograkks se mêlait à celui des hommes pour former une boue répugnante qui collait aux pieds. Derrière la masse grouillante de sabres, d'épées et de lances qui s'entrechoquaient, il aperçut sa cible, au loin. Il se mit à jubiler en constatant que Tarass était seul.

Akaruk se tourna et ordonna aux autres mages noirs de se joindre à lui pour jeter le plus puissant et le plus destructeur de ses mauvais sorts. Chacun réalisait à présent qu'il allait commettre l'ultime sacrifice pour son maître, car ce sortilège impliquait la mort de tous ceux qui l'utilisaient. Mais quelle mort glorieuse pour un mage !

Sans hésiter, les treize mages noirs se rapprochèrent. Ils étaient maintenant prêts à commencer le rituel. Dos à dos, ils levèrent les bras en même temps, et Akaruk prononça un mot, un seul…

— INZABUOR !

Le mage noir à sa gauche répéta ce mot, ainsi que le mage noir suivant. Le troisième fit de même, et ainsi de suite. Tous répétèrent plusieurs fois ce mot l'un après l'autre. Le rituel se poursuivit ainsi jusqu'à ce que, du groupe de mages noirs, ne provienne qu'un son aigu qui déchirait les oreilles.

Sous leurs pieds, une lueur aveuglante provenant des profondeurs de la terre jaillit soudain en colonne et les désintégra littéralement sur place. Les particules de leurs corps tombèrent et disparurent à tout jamais dans un profond abîme.

Le sol se mit à trembler aussi sous les pieds de Tarass. Ce dernier, trop occupé à observer la bataille, ne put voir venir le coup. Comme pour les mages noirs, une grande colonne lumineuse jaillit tout à coup du sol, juste sous ses pieds, et l'engloba. Lorsque tout fut terminé, le jeune guerrier avait disparu…

Max savait que si l'intuition de Tarass était bonne, il trouverait la horde de lézards géants pas très loin, prête à entrer en action. Il se tint alors aux alentours du château.

Volant avec son appareil en traçant une spirale grandissante dans le ciel, il aperçut tout à coup deux chaînes de montagnes très près l'une de l'autre. Il sut immédiatement qu'il venait de trouver, car il n'y avait aucun autre endroit où ces énormes dinosaures pouvaient se cacher. Il se dirigea immédiatement vers les grandes élévations.

Lorsqu'il ne fut qu'à un demi-kilomètre des montagnes, Max aperçut deux bêtes gigantesques qui sortaient de l'étroite vallée en marchant lourdement.

Sans attendre un grain de sablier de plus, Max appuya sur l'un des deux boutons de son manche à balai. La déflagration qui résonna de sous son appareil attira l'attention de Rodrrak et de son assistant Kalord qui, postés à l'entrée de la vallée, dirigeaient leurs grandes bêtes vers le champ de bataille.

Lorsque le missile frappa la cime de la première montagne, une réaction en chaîne s'ensuivit et toute la vallée fut ensevelie sous des milliers de tonnes de roche. Cependant, les deux tyrannosaures avaient survécu à l'attaque. Lorsqu'ils émergèrent de sous l'épais nuage de poussière, Max les aperçut qui marchaient en direction du château.

Avec son avion, il effectua une rapide manœuvre et les retrouva très vite dans son champ de tir. Le doigt sur le bouton de son manche à balai, il hésita, car il savait qu'il ne lui restait qu'un seul missile. La décision était difficile : exterminer les derniers dinosaures ou conserver ce petit cadeau pour Khan. Il prit finalement une décision, et tourna son manche à balai vers lui pour quitter les lieux…

Cachée derrière un rocher, Kayla sortit la tête et regarda. À l'endroit où se tenait Tarass, il n'y avait plus qu'un grand et profond trou fumant.

Kayla s'approcha. Les deux pieds solidement ancrés au bord de l'abîme, elle le sonda, mais ne put y voir le fond.

— Tu l'as vraiment échappé belle, tu sais, s'exclama-t-elle en se retournant.

Tarass, Trixx et Marabus apparurent à leur tour derrière le rocher. Ils se levèrent et se dirigèrent lentement vers leur amie qui était toujours debout près du trou.

— C'est une chance que nous ayons utilisé un mandala de dédoublement pour projeter ton image, Tarass, sinon c'était vraiment toi qui y passais.

Marabus avait deviné ce que tramait Khan en l'observant avec la longue-vue d'Auvilus. C'est lorsqu'elle avait aperçu Akaruk et les autres mages noirs qui traversaient le pont-levis qu'elle avait compris le plan de Khan.

Tarass s'essuya le front avec le revers de sa main.

De son balcon, Khan, qui observait au loin la scène, en eut assez. Il s'éclipsa à l'intérieur de son château pour se préparer à cette inéluctable confrontation avec son jeune ennemi…

Autour de la fortification, la bataille entre les alliés et les ograkks prenait une ampleur inimaginable. Des milliers de morts jonchaient le sol zébré de rivières de sang. Les corps immobiles des ograkks, des zarkils, des Romains, des Aztékiens, des samouraïs et des Égyptiens s'entremêlaient dans une hécatombe effroyable. Partout, il y avait des membres arrachés ou coupés.

Tarass remarqua, près des douves, la tour dirigée par Alex et sa bande et la catapulte subtilisée aux ograkks par Frisé. Un long passage dégagé s'offrait à lui comme un tapis rouge. Le moment était venu pour lui d'entrer en action.

Il donna à Fikos et Fiquos l'ordre de le suivre et d'avancer avec le chariot jusqu'aux douves.

Le projectile humain

Protégé et escorté par les géants à deux têtes, le convoi avança vers le château avec Tarass en tête. Bouclier devant lui, il arrêta la course de plusieurs flèches et de lances d'ograkks qui arrivaient vers lui de façon sporadique.

À mi-chemin, des pas lourds d'animaux gigantesques retentirent. Tous se retournèrent. Sur le champ de bataille venaient de se présenter deux tyrannosaures rugissants. Tarass comprit que Max n'était pas parvenu à les éliminer tous.

Quatre géants à deux têtes quittèrent tout de suite les rangs pour affronter les grands lézards. Dès le premier contact, un combat de titans s'engagea.

Agile, le premier géant sauta sans hésiter au cou du plus petit tyrannosaure. Les trois autres se jetèrent sur le plus grand. Le cou tordu entre les bras puissants et velus du premier géant, le petit tyrannosaure parvint tout de même à pivoter sur lui-même et à asséner un violent coup de queue à l'un des trois géants qui se bagarraient avec le plus gros tyrannosaure.

L'une des deux têtes du géant roula dans son dos. Son cou était brisé. Le premier géant riposta à cette attaque et réussit à renverser le petit tyrannosaure, qui lui infligea une profonde morsure. Quatre autres géants se joignirent à leurs amis afin de venir à bout de ces deux monstres.

Voyant que les tyrannosaures ne pourraient pas résister encore très longtemps, Tarass reprit son chemin avec les autres.

Près de la catapulte, Frisé l'accueillit tout excité.

— NOUS EN AVONS UNE, TARASS ! lui montra-t-il fièrement. Elle est chargée et prête à faire feu. Mes hommes l'ont alignée sur un petit monticule qui se trouve de l'autre côté des douves.

Tout près, en haut de la tour d'attaque, Alex et ses amis le saluèrent. Ils avaient la responsabilité de surveiller et de sécuriser le secteur. C'est ce que Frisé leur avait suggéré de faire. Près d'eux apparurent soudain Santos et Buntaro.

— Nous avons perdu beaucoup d'hommes, mais nous contrôlons pas mal tout le champ de bataille, Tarass, lui rapporta Buntaro, couvert de blessures sanguinolentes. Zutamo, l'empereur Auguste et Lucius continuent de combattre les derniers ograkks qui résistent.

— Si des ograkks veulent se constituer prisonniers, vous les traitez comme tels, ordonna Tarass à tout le monde. Ne les tuez pas dans un élan de rage ou par désir de vengeance.

Il observa ensuite les douves de sang qui entouraient le château. De gros bouillons éclataient à la surface et des crânes flottaient un peu partout. De l'autre côté, tout à fait en haut du donjon, pendait le corps inerte de Ryanna. Était-il trop tard pour la sauver ?

Tarass se tourna vers le géant à deux têtes.

— Fikos et Fiquos ! Avec tes amis, tu crois que tu peux la faire descendre de là lorsque nous serons de l'autre côté ?

Après avoir évalué la hauteur à laquelle se trouvait Ryanna, le géant leva son gros pouce vers son ami Tarass.

— Tu peux considérer que c'est une chose déjà faite, lui assura Fikos et Fiquos.

Auvilus, Romulus et Lucius arrivèrent eux aussi près d'eux.

Pressé de passer à la phase suivante, Tarass ordonna à tout le monde de décharger rapidement les vêtements du chariot et de les étaler l'un à la suite de l'autre sur le sol.

— Tout est prêt, Tarass, l'informa Auvilus une fois l'opération terminée.

Tarass se tourna vers Kayla.

— Toi, tu restes ici avec Alex et Frisé, et nous savons tous les deux pourquoi.

Kayla dévisagea son ami et cessa de respirer pendant quelques grains de sablier.

Tarass se coucha ensuite sur la première pièce de vêtement et attendit, avec son bouclier placé devant son torse.

Marabus se pencha vers lui.

— Tu es certain que c'est ce que tu

veux faire ? lui demanda-t-elle, cherchant à s'assurer qu'il n'y avait pas d'autres solutions.

Tarass hocha la tête et Marabus donna l'ordre à Fikos et Fiquos de rouler leur ami jusqu'à ce qu'il soit complètement enseveli sous une épaisse couche protectrice de vêtements.

Le tout réalisé, le géant souleva la grosse boule de vêtements et la plaça sur la cuillère de la catapulte. Kayla poussa alors le levier de la machine et Tarass fut aussitôt projeté dans les airs. La boule de vêtements traça un grand cercle au-dessus des douves et tomba, comme prévu, exactement sur le monticule. Elle roula un peu, puis s'arrêta enfin près du mur.

À l'intérieur des couches de vêtements, Tarass fit bouger son bouclier et parvint à se frayer un chemin pour sortir. Debout de l'autre côté des douves, il brandit son bouclier en signe de victoire. Tous ses amis l'acclamèrent.

— TARASS ! TARASS ! TARASS !

Le jeune guerrier se précipita ensuite vers le mécanisme du pont-levis où il coupa les deux chaînes avec son arme. La longue structure de bois et de métal tomba lourdement au-dessus des douves. Maintenant, le château était accessible à tous. Tarass se retourna, puis il s'engouffra à l'intérieur sans attendre les autres...

L'armure de Magalu

À peine avait-il posé le pied sur la première dalle du château que Tarass sentit son bouclier se coller sur son torse. Il tenta de l'écarter de lui, mais c'était inutile. L'arme qui l'avait si bien servi depuis le début de ce périple semblait maintenant possédée par une quelconque force. Bonne ou mauvaise ? Il ne le savait pas.

Lorsque le bouclier de Magalu toucha le torse de Tarass, il engloba tout son corps pour enfin former autour de lui une armure étincelante. C'est alors qu'il comprit que son arme se préparait pour le combat final. Il enjamba le seuil de la grande porte et se précipita à l'intérieur du château.

Un long couloir bordé de trophées de guerre le conduisit au pied d'un grand escalier qui montait dans la tour principale. Des bruits de pas résonnèrent. Plusieurs femmes à la peau blanche et aux yeux sans vie descendaient vers lui. Elles passèrent de chaque côté, sans lui prêter la moindre attention. Ces vampelles s'enfuyaient. Comme des rats, elles quittaient le navire avant qu'il ne sombre…

Deux marches à la fois, Tarass gravit l'escalier jusqu'au sommet du donjon où, assis confortablement sur son trône, l'attendait Khan…

Après avoir traversé le pont-levis, Trixx et Marabus arrivèrent de l'autre côté des douves avec Santos, Buntaro, Lucius et ses gladiateurs. Les géants à deux têtes, qui avaient une tâche délicate à accomplir, se précipitèrent tout de suite vers le mur du donjon. Auvilus et ses mages les suivirent. Autour du château de Khan, Max traçait des cercles dans le ciel à bord de son F-18. Il attendait le moment propice avec son dernier missile. Trixx et Marabus pénétrèrent avec les autres dans le château.

Timidement, derrière eux, Kayla posa la pointe de son pied droit sur le pont-levis et s'arrêta. Dans sa tête revenait sans cesse la prophétie d'Amrak sur sa mort inévitable. Elle leva la tête vers le château, sachant très bien que ce serait ici que cela se produirait. Cependant, si elle le voulait, il était encore temps de tourner les talons et de fuir sa triste destinée. Mais elle ne le fit pas, pour Tarass et au nom de son amour pour lui. Elle ne voulait surtout pas qu'il meure à sa place. Elle ne se pardonnerait jamais la mort de celui qu'elle aimait, jamais…

Elle posa les deux pieds sur la première planche et courut ensuite rejoindre les autres à l'intérieur du château.

Confortablement assis sur son trône, Khan attendait, presque immobile. Comme Tarass, il portait une armure, prêt à combattre.

Derrière son trône se trouvait le crâne d'une gigantesque bête à cornes. À la gauche de Khan, Krodor arborait un sourire malveillant. À sa droite se trouvait Gorbo, son chien mutant qu'il caressait affectueusement avec le bout de ses immenses doigts couverts de poils.

Le moment de vérité était enfin arrivé, après toutes ces morts inutiles et ces années perdues...

Tarass fit un pas dans la direction de son ennemi pour l'interpeller.

— KHAAAN ! Le jour où tu as décidé de conquérir tout l'atoll de Zoombira, tu aurais dû venir me chercher tout de suite, à Lagomias, et nous aurions pu gagner un temps énorme...

Sous son armet, Khan souriait.

— Sache, espèce de chiure de mouche, qu'il me sera plus facile maintenant d'atteindre mon but, puisque tous tes semblables, ces excréments qui t'ont suivi dans ton inutile et très absurde quête, sont ici. Je n'aurai donc pas à les pourchasser.

Khan fit claquer ses doigts et aussitôt, Gorbo se précipita vers Tarass. Le jeune guerrier ne broncha pas. Il attendit stoïquement la bête qui, furieusement, fonçait vers lui la gueule béante.

Arrivé près de Tarass, il bondit pour lui sauter au cou. Les deux pieds campés sur le plancher, Tarass ne fit qu'un geste rapide avec son bras droit. Gorbo s'effondra entre lui et Khan, mort, le cou brisé. Les yeux de

Tarass n'avaient pas quitté ceux de Khan un seul grain de sablier…

Krodor n'attendit pas que son maître lui en donne l'ordre et il se précipita sur Tarass à son tour, armé d'une hache à deux tranchants. Tarass esquiva l'assaut de l'ograkk et, en pivotant sur lui-même, il le renversa avec son pied. Krodor tomba lourdement sur le plancher devant lui. Tarass posa ensuite son pied sur le torse de l'ograkk et lui arracha son arme.

Dans sa main, il la fit ensuite tourner très rapidement. La tête de Krodor roula jusqu'aux pieds de Khan qui, en furie, bondit de son siège en brandissant son épée magique. Un curieux halo vert jaunâtre émana de l'arme. Khan exécuta devant lui, avec son épée, ce qui sembla être un geste banal et inoffensif.

Même si plusieurs mètres le séparaient de la lame de Khan, Tarass sentit une douleur vive. Il pencha la tête. Son armure était toujours intacte, mais du sang coulait maintenant d'entre les plaques. Il leva les yeux vers Khan qui riait derrière la grille de son armet.

Le conquérant bougea son épée devant lui une autre fois en diagonale. Tarass reçut alors comme un coup de massue à la hauteur de son épaule et fut projeté violemment sur les pierres du plancher. Son armure de Magalu pouvait le protéger de la lame de l'épée de Khan, mais elle ne pouvait rien contre les pouvoirs magiques de l'épée.

Dans la salle du trône arrivèrent soudain en trombe ses amis. Toujours au sol, Tarass leva la main devant eux pour les arrêter.

— NE VOUS APPROCHEZ PAS !

Malgré l'interdiction de Tarass d'avancer, deux gladiateurs foncèrent vers Khan. Ce dernier ne fit que tourner son épée autour de son bras et aussitôt, les deux hommes s'écroulèrent, coupés en deux.

Marabus et Trixx arrêtèrent Kayla, qui elle aussi arrivait en courant. Les yeux de Tarass s'agrandirent de terreur lorsqu'il l'aperçut. Khan prononça une courte incantation et, tout autour de la salle, les murs se couvrirent de feu.

Lorsque Tarass se releva, les murs commencèrent à se rapprocher de lui et de ses amis. Prisonnière elle aussi des flammes qui se refermaient de plus en plus sur le groupe, Marabus prononça à son tour une incantation.

— LORU-TRE-NOURE !

Les murs de feu se transformèrent en murs d'eau qui aussitôt inondèrent le plancher.

Profitant de cette diversion, Tarass se jeta sur Khan dans un corps à corps mortel. Il serra très fort le cou de son ennemi entre ses deux mains. Khan, qui avait peine à respirer, balançait son épée de tous les côtés. Son arme magique traça de grands et profonds sillons sur les murs de pierre qui commencèrent à s'écrouler autour deux. Une colonne fut complètement sectionnée et s'écrasa près de Marabus et des autres, toujours postés à l'entrée. De la voûte, de grandes poutres de pierre tombèrent avec fracas.

Avec une soudaineté foudroyante, Khan réussit à renverser Tarass. Assis sur le torse de son jeune ennemi, son épée magique sous son menton, il le tenait maintenant en respect. Il ne lui suffisait que de tourner légèrement la lame pour le décapiter, et ainsi gagner la guerre.

Partout dans la salle, des pierres continuaient de tomber. Kayla voulut sortir un mandala de son sac, mais Marabus l'arrêta.

— AVEC CETTE ÉPÉE MAGIQUE, C'EST BEAUCOUP TROP RISQUÉ, NOUS NE POUVONS INTERVENIR.

— Mais si nous ne faisons rien, s'opposa-t-elle, ce sera la victoire de Drakmor !

Les yeux brillants de rage, Khan savourait ce moment.

Kayla regarda sa tante d'un air frondeur, puis sortit un parchemin. Marabus hocha la tête de gauche à droite, mais sa nièce ne voulait rien entendre. Elle lança le papier chiffonné en boule près de Tarass et Khan, et prononça l'incantation.

— REDAW-TOM-YURT !

Sitôt ces trois mots dits, tout le métal qui se trouvait à proximité du mandala se retrouva expulsé du périmètre. Les pièces d'armure, ainsi que l'épée, explosèrent dans toutes les directions et allèrent se planter dans les parties de mur restées debout.

Khan, qui venait à la fois de perdre son armure et son arme, fut paralysé sous le choc. Tarass le renversa à son tour et lorsqu'il souleva son poing pour le frapper, il aperçut une grande section de la voûte qui tombait vers eux. Juste comme elle allait l'écraser avec son ennemi, il effectua une roulade rapide et se retrouva hors de sa trajectoire.

L'immense section de la voûte s'abattit avec fracas sur Khan, qui fut complètement écrasé. Sa main inerte et ensanglantée dépassait maintenant des débris. C'en était fait du conquérant de l'atoll, et du même coup, de sa guerre.

Pour Marabus, Kayla venait d'exécuter avec ce sortilège un vrai coup de maître. Lorsqu'elle se retourna pour la féliciter, elle aperçut sa nièce collée au mur. L'épée de Khan traversait son corps et s'était plantée entre les pierres. Du sang coulait de sa bouche. Tarass tomba à genoux en l'apercevant.

Marabus et Trixx se jetèrent tous les deux sur l'arme pour la retirer du corps de Kayla.

— Vous croyez que nous pouvons l'enlever ? demanda Trixx à Marabus.

La grande mage remarqua que de l'arme n'émanait plus le curieux halo vert. Elle en déduisit qu'elle avait perdu ses propriétés magiques.

— OUI !

Ils conjuguèrent leurs forces et parvinrent à retirer l'épée. Kayla s'affaissa aussitôt sur le plancher. Tarass, qui les avait rejoints, attrapa la tête de son amie avant qu'elle ne percute violemment le sol. Il l'allongea sur le plancher et s'agenouilla ensuite près d'elle, en tenant toujours sa tête entre ses mains.

Kayla ouvrit les yeux, le sang continuant à couler sur ses joues.

— Tu… tu as menti ! souffla-t-elle faiblement. Tu… tu avais dit que tu prendrais ma place lorsque le temps de ma prophétie serait venu.

Tarass baissa les yeux. Il était incapable de la regarder.

Le corps de Kayla sursauta. Trixx et Marabus s'agenouillèrent près de Tarass. Marabus prit alors la main de sa nièce dans la sienne.

— Tu as vraiment été une très grande mage, meilleure que moi, tu sais, dit-elle en pleurant.

Les larmes de la tante de Kayla confirmaient à Tarass que rien ne pouvait être fait pour la sauver.

Kayla souriait malgré l'accablante douleur qui l'affligeait. Tarass leva ses yeux vers ceux de son amie. Des larmes coulaient sur ses joues.

— Ce n'est pas grave, tenta-t-elle de le consoler. L'atoll est sauvé, et ça, tu l'avais promis aussi.

Dans les yeux de Kayla, Tarass vit alors tout l'amour qu'elle avait pour lui.

— Avant que…, essaya-t-elle de dire. Avant de… te quitter, Tarass...

Le visage de Tarass se figea devant l'inévitable.

— Je voudrais juste que tu saches que… que je t'aime. Je t'aime, Tarass Krikom, et je t'aimerai toujours…

La tête de Tarass tomba dans le creux du cou de Kayla qui, au même instant, rendit son dernier soupir. Elle ne bougeait plus. Tarass leva lentement la tête et s'approcha de son oreille.

— Je t'aime moi aussi, Kayla Xiim, je t'aime moi aussi, lui chuchota-t-il faiblement.

Il demeura enfin immobile, tout contre elle, en pleurant à chaudes larmes.

Trixx ferma les yeux, puis les rouvrit. Il posa sa main sur le bras de son ami Tarass, qui était toujours penché sur Kayla.

— Tarass, commença son ami Bleu, je voudrais te dire merci pour tout, pour tout ce que tu as fait pour moi, depuis si longtemps. Merci aussi pour avoir sauvé mes parents, merci, merci pour tout.

La main de Trixx posée sur le bras de Tarass disparut soudain. Tarass leva la tête pour regarder son ami. Mais Trixx n'était plus là. À sa place, sur le plancher, se trouvait une fiole qui contenait un liquide bleu laiteux. Tarass reconnut tout de suite le bouchon doré qui coiffait le petit contenant; il était décoré des mêmes signes que le bouclier de Magalu. Il s'agissait d'une fiole d'élixir de Vryl. Trixx, pour sauver Kayla de la mort, venait de se transformer en élixir de Vryl…

17

Au nom de l'amitié, et de l'amour...

Tarass regarda la fiole d'un air complètement désabusé. Après tant d'épreuves, de pièges et de batailles, il venait, en seulement quelques grains du sablier, de perdre ses deux plus proches amis.

Marabus s'approcha de lui.

— Tu n'as plus le choix, Tarass, tu dois donner l'élixir à Kayla, et vite.

Tarass tenait la fiole dans sa main et la regardait.

— OUI, MAIS BLEU !

— Tu ne peux plus rien pour lui, tu le sais très bien. Une fois transformé en un objet, Trixx ne peut plus reprendre sa forme humaine. Les morphoms ne peuvent pas faire ça.

Tarass le réalisa malgré lui. Il regarda ensuite Kayla. Les lèvres de son amie devenaient de plus en plus bleues. Il déboucha la fiole.

— Merci, Bleu, mon très cher ami.

Il souleva la tête de Kayla et versa le contenu de la fiole dans sa bouche.

La réaction se fit attendre. Sur le torse de son amie, le trou fait par l'épée de Khan commença à se fermer lentement. Ses lèvres redevinrent roses et le noir autour de ses jolis yeux disparut. Son torse se gonfla pour permettre à l'air d'entrer dans ses poumons. Puis, tout son corps s'agita dans de brusques secousses et dans un grand souffle, elle ouvrit les yeux lentement, comme si elle venait de se réveiller d'un long et profond sommeil.

Tarass l'empoigna pour la serrer très fort contre lui.

— J'ai compris ce que tu m'as dit juste avant de…, lui murmura-t-elle faiblement à l'oreille.

Tarass posa ses lèvres sur celles de Kayla et l'embrassa longuement…

Marabus entendit soudain des voix provenant de l'extérieur. C'était Fikos et

Fiquos. Elle se lança sur le balcon et vit tout de suite le géant qui, monté sur les épaules d'un autre géant, libérait enfin Ryanna.

— NOUS FAISONS DE NOTRE MIEUX ! cria Fikos.

— IL FAUT LA FAIRE DESCENDRE AU PLUS VITE ! cria à son tour le mage Auvilus à leurs pieds. VITE ! FIKOS… OU FIQUOS !

Le mage ne savait pas trop à qui il s'adressait.

— ELLE A VITE BESOIN D'ÊTRE SOIGNÉE ! ajouta-t-il.

Marabus se pencha alors pour regarder le mage au pied de la tour. Il remarqua que plus de quatre géants s'étaient fait la courte échelle afin d'atteindre la jeune prisonnière.

Son regard braqué dans le sien, Tarass souleva Kayla et l'emporta hors du château. De l'autre côté du pont-levis, tous ses amis l'accueillirent dans la gloire. Toujours dans ses bras, Kayla l'embrassa devant tout le monde. Très mal à l'aise, Tarass rougit…

Le petit Romulus s'approcha de lui.

— Et puis, c'est terminé ? Khan a été tué ? Comment ça s'est passé ?

— Oh ! il y a eu une bagarre, lui répondit Tarass, et le plafond s'est écroulé sur Khonte Khan, voilà.

Il lança un clin d'œil à Marabus qui lui souriait.

— Ah bon, c'est tout ? fit Romulus.

Autour du château, les bruits de combat avaient cessé et à l'horizon, le soleil descendait lentement. Un calme apaisant régnait. Tarass et Kayla se dirigèrent vers Auvilus, qui donnait des soins à Ryanna.

— Bonjour, Ryanna, lui dit Tarass. Est-ce que ça va ?

Ryanna hocha la tête. Elle avait des égratignures un peu partout sur ses bras.

— Euh oui ! répondit-elle. Vous en avez mis, du temps.

Tarass et Kayla riaient.

— Et le gros idiot ? demanda Ryanna. Qu'est-ce qui lui est arrivé ?

— Il a eu son compte, tu peux nous croire, lui répondit Kayla.

— Ah oui ? Moi aussi, je lui ai déjà cassé la figure, vous savez !

Tarass et Kayla étaient vraiment heureux de la retrouver en vie.

Ryanna aperçut son vieux collier au cou de Tarass. Celui-ci le prit entre ses doigts.

— Tu sais, c'est un peu grâce à lui si je suis ici, si j'ai continué, lui avoua-t-il.

Ryanna regardait Tarass avec tendresse.

— Merci ! Tarass.

Il s'approcha d'elle et lui donna un doux baiser sur le front.

Du haut de la tour, Alex s'écria :

— BON ! C'EST TERMINÉ ? NOUS POUVONS DESCENDRE ALORS !

Tarass leur fit un signe de la main.

Le retour

Tous les alliés se rassemblèrent autour de Tarass : Auguste, Romulus, Zutamo, Santos, Buntaro, Frisé, Fikos et Fiquos, Auvilus, Marabus, Alex, Zoé et 4-Trine… La plupart avaient perdu beaucoup d'hommes, beaucoup d'amis, mais ils étaient tous là…

Lucius, le gladiateur de Romia, arriva avec une poignée d'ograkks. Il était chargé de surveiller les prisonniers.

— TARASS ! hurla-t-il de sa grosse voix en s'approchant de lui. Voici les ograkks qui se sont rendus. Qu'est-ce que j'en fais ?

Tarass examina le groupe. Avant qu'il ait eu la chance de répondre, l'un des prisonniers prit la parole.

— TARASS KHAN ! NOUS SOMMES ICI POUR TE SERVIR !

— Me servir ! répéta-t-il, surpris.

Il se mit à réfléchir.

— Vous voulez me servir ? finit-il par prononcer. Alors voilà : partout sur l'atoll, il y a des milliers de maisons qui ont été détruites pendant la guerre. Je vous charge de les reconstruire, TOUTES, SANS EXCEPTION !

Marabus se pencha vers Tarass.

— C'est un travail énorme, tu le réalises.

Tarass tourna le dos aux ograkks.

— Ça les tiendra occupés, tiens, pendant des années.

— OUI, TARASS KHAN ! hurlèrent les ograkks.

— Je déteste ce nom, murmura-t-il. Vraiment, je déteste.

Zoé arriva en courant vers lui.

— JE CROIS QUE NOUS DEVRIONS QUITTER LE SECTEUR AU PLUS VITE ! hurla-t-elle, presque hystérique.

— POURQUOI ? demanda Tarass. Khonte Khan n'est pas mort ? Il y a une horde de dinosaures qui s'amènent vers nous ? QUOI ?

236

— PIRE ! lui répondit Zoé. C'EST MAX ! IL ARRIVE POUR TOUT DÉTRUIRE !

L'avion de Max filait tout droit vers le château de Khan.

— Elle a raison ! lança Tarass. Nous ferions mieux de nous écarter, car ça va sauter !

Ils filèrent tous le plus rapidement possible pour se mettre à l'abri.

Dans le ciel, l'avion de Max gronda. Le pilote décocha son dernier missile sur la plus haute tour, qui, en explosant, détruisit toutes les autres. Le château de Khan n'était plus qu'un amas de pierres et de poussière.

Après une nuit d'allégresse, pendant laquelle plusieurs feux de joie furent allumés, le jour se leva enfin. Le temps de partir était venu.

Tarass, Kayla et Marabus prirent le temps de raccompagner chacun de leurs alliés dans sa contrée respective. Mais au grand bonheur de tous, leurs amis de la contrée oubliée choisirent une meilleure vie, et décidèrent de s'établir à Lagomias…

19

Trois ans et quelques mois plus tard...

Assis sur le bord de la fontaine située à l'entrée est de Moritia, un homme aperçut un petit garçon à la chevelure rousse et hérissée qui s'approchait de lui.

Le bambin s'arrêta devant la fontaine pour examiner les trois statues qui l'ornaient, puis souleva son bras et pointa celle du milieu.

— PAPA ! PAPA !

L'homme souriait au petit garçon.

— Papa ? répéta l'homme. Mais non, ces trois statues représentent les sauveurs de Zoombira. Celui de gauche, dit-il fièrement, c'est Trixx Birtoum. À droite, c'est Kayla Xiim, et au centre, c'est Tarass Krikom. Est-ce que tu savais que les sauveurs de l'atoll vivaient ici autrefois, à Moritia ?

Le petit garçon leva encore son bras pour pointer la statue du centre.

— PAPA !

Curieux, l'homme se leva, puis s'agenouilla devant le bambin.

— Et toi, mon petit bonhomme, comment tu t'appelles ?

— Trixx ! répondit l'enfant. Trixx Krikom-Xiim !

Le visage de l'homme se figea de stupeur.

De la route, un petit groupe arriva.

— TRIXX ! s'écria Tarass. TU NOUS ATTENDS, LA PROCHAINE FOIS !

Aussitôt, l'homme partit en courant vers la ville. Tarass s'étonna de cette réaction.

— Bon ! voulut le taquiner Kayla, tu n'es plus le sauveur de l'atoll, tu es la terreur de l'atoll, maintenant.

Tarass sourit en prenant son fils Trixx dans ses bras.

Kayla, Ryanna, Marabus, Alex, Zoé, 4-Trine, Max et Zoumi s'assirent autour de la fontaine pour faire tremper leurs pieds endoloris.

— Ouf ! c'était plutôt loin, Drakmor, n'est-ce pas ? s'exclama Tarass, qui les imita après avoir lancé Trixx dans l'eau.

— OUIIIIII !

Un grand nombre d'habitants de Moritia arrivèrent de tous les chemins de la ville pour les acclamer.

Parmi eux, Tarass aperçut sa mère Coraline et son père Daroux. Les pieds mouillés, il sauta dans leurs bras. Après une longue accolade, Tarass les traîna au travers de la foule pour les amener près de la fontaine.

— Papa ! Maman ! Vous vous rappelez de Kayla, n'est-ce pas ? Je vous annonce que nous nous sommes mariés à Romia. C'est l'empereur Auguste lui-même qui a fait la célébration.

Kayla passa son bras autour du cou de Tarass, qui pointa un petit garçon dans l'eau de la fontaine.

— Lui, c'est Trixx, notre fils, votre petit-fils…

— Nous sommes si contents que vous soyez revenus, lui dit sa mère, très émue.

— Eux, ce sont nos amis, continua Tarass.

Il pointa ensuite tous ses amis l'un après l'autre.

— Marabus, que vous connaissez peut-être, Zoé, 4-Trine, Alex, Zoumi et Max.

— Des statues ont été érigées en votre honneur, lui montra son père. Vous avez vu ?

Tarass se frotta le menton d'un air songeur.

— Oui, oui ! Je vois, répondit-il. Mais il y a une grosse erreur.

Tous les habitants de Moritia se tournèrent vers la fontaine, et un grand silence régna tout à coup.

— C'est Trixx qui doit être au centre, leur dit Tarass en pensant à son très cher ami Bleu, car c'est lui, le vrai sauveur le l'atoll.

20

La dernière heure de paix

Le lendemain matin, dans la forêt, le ciel d'un bleu magnifique contrastait avec la cime des grands arbres verts. Le reflet de toute cette beauté miroitait sur la surface du lac. Si l'on s'y attardait, si l'on écoutait, on pouvait entendre le vent jouer une douce musique entre les branches, entre les feuilles…

Les toits de chaume des maisons de la vallée brillaient comme de l'or au cou d'une belle et jeune princesse. Lagomias était sans doute la plus jolie contrée. Oui, l'endroit le plus beau et aussi le plus prospère de tout l'atoll de Zoombira. Tous les Lagomiens le disaient, et tous les Lagomiens avaient raison…

Pour le retour de Tarass et de ses amis, tous ceux et celles qui étaient présents lors de la dernière heure de paix se réunirent à l'endroit même où ils se trouvaient lorsqu'était survenue la première attaque des reptiles de Khan, ce jour où ils jouaient tous ensemble une partie de Graboulie…

Tarass était là, ainsi que Ryanna, Clothilda, Zorali, Anatoluss, Tomed et tous les autres. Kayla était là aussi, bien sûr. Elle portait une magnifique robe de mage blanche. Son visage brillait de poudre d'or. Tarass ne pouvait regarder ailleurs.

Tarass prit la main de son fils pour lui montrer l'endroit où il s'était caché avec son ami Bleu ce jour-là.

Il se remémorait ces instants de bonheur, lorsque soudain il reçut UNE GROSSE CERISE SUR LA TÊTE !

— AÏE ! s'écria-t-il, surpris.

La cerise avait été lancée par Kayla. Arrogantes, Ryanna et elles lançaient toutes les deux une cerise dans les airs et la rattrapaient avec leur main…

— Mais, vous nous lancez un défi ! constata Tarass alors que toutes les deux arboraient un air moqueur. C'EST LA

GUERRE QUE VOUS VOULEZ, LES FILLES ?

— MAIS NON ! lui répondit Kayla. On veut s'amuser !

Tarass regarda en souriant celle qu'il aimait.

— Euh… peu importe ! finit-il par lui dire. Vous allez perdre ! Oh oui, vous allez perdre comme vous n'avez jamais perdu auparavant.

— C'est ce que vous pensez, espèce de médiocrité de la race humaine ! lança Ryanna à Tarass et aux autres pour rigoler.

Anatoluss et Tomed feignirent d'être offusqués.

— VENEZ, LES GARS ! hurla Tarass.

Il empoigna le bras de son fils Trixx et le tira vers la forêt.

— TOI ! Tu viens avec moi. Je vais te montrer comment jouer au Graboulie… ET GAGNER !

Kayla et Ryanna lui tirèrent toutes les deux la langue avant de s'éloigner.

— Les filles ne savent pas ce qui les attend, OH NON ! Et je connais un endroit où il y a des tas de grosses cerises…

FIN

Lexique

Amrak : grand mage prophète de Lagomias, qui vit la mort de Kayla dans les sphères de Rutuf.

Armet : casque en métal qui protège la tête et le visage d'un soldat.

Atoll : grande masse de terre sur laquelle sont regroupés tous les continents.

Auguste : empereur de Romia.

Aztékien : habitant de la contrée d'Aztéka.

Bleu : surnom de Trixx Birtoum, ami de Tarass Krikom.

Bouclier de Magalu : arme puissante possédant des qualités magiques.

Buongiorno : « bonjour » en italien.

Commandork : membre de l'état-major de Khonte Khan.

Coraline : mère de Tarass Krikom.

Daroux Krikom : père de Tarass.

Drakmor : contrée de Khonte Khan.

État-major : hommes supérieurs par le rang dans la hiérarchie militaire. Commandorks de Khonte Khan.

Fiesta : « fête » en espagnol.

Fikos et Fiquos : prénoms des deux têtes du géant ami de Tarass Krikom.

Gladiateur : dans la contrée de Romia, homme qui combattait dans les jeux du cirque contre une bête féroce ou contre un autre homme.

Glaive : épée courte à deux tranchants. Arme des soldats romains.

Graboulie : jeu de capture du fanion de l'ennemi. Il se joue à deux équipes, généralement l'une de garçons et l'autre de filles. Le but du jeu est de dénicher les joueurs adverses cachés dans la forêt et de les éliminer en les atteignant avec une cerise.

¡ Gracias ! : « merci ! » en espagnol.

Grain de sable du sablier : unité de mesure du temps. Cinq grains de sable du sablier sont l'équivalent d'une seconde.

Gorbo : espèce de gros chien de garde mutant que Khonte Khan a recueilli lors de l'un de ses pèlerinages dans les profondeurs habitées par les monstres de la terre.

Hara-kiri ou seppuku : rituel du suicide d'un samouraï.

Jurassium : contrée des grands reptiles, des dinosaures.

Katana : sabre des samouraïs japonais, légèrement courbe, à lame étroite, à dos épais et à un seul tranchant.

Kayla Xiim : amie de Tarass Krikom et de Trixx Birtoum. Apprentie de Marabus, magicienne des mandalas.

Krodor : chef de la garde. Il était le plus ancien ograkk de Khan, et le premier humain à être transformé en créature à quatre bras par sa sorcellerie noire.

Lagomias : grande contrée de l'atoll de Zoombira et contrée de Tarass Krikom.

L.D. : livres dessinés.

Luchador : lutteur.

Maître suprême : ambition et objectif de Khonte Khan.

Mandalas magiques : dessins géométriques et symboliques de l'univers. Pouvoirs magiques de Kayla Xiim.

Mandala de barrage : dessin magique créant un obstacle de protection ou un mur transparent.

Mandala de décélération : dessin magique qui ralentit ceux qui en sont envoûtés.

Mandala de dédoublement : dessin magique qui crée une image réaliste des personnes qui l'utilisent.

Mandala d'inversion : sortilège qui a la propriété d'inverser le corps de l'envoûté. Tout ce qui est à l'intérieur du corps est expulsé vers l'extérieur et tout ce qui est à l'extérieur se retrouve à l'intérieur.

Marabus : grande mage, tante de Kayla Xiim.

Méduse : monstre mythologique au corps de femme et à la chevelure de serpents. Son regard pétrifie et peut transformer tout être vivant en statue de pierre.

Moritia : ville natale de Tarass, dans la contrée de Lagomias.

Morphom : pouvoir de métamorphose de Trixx Birtoum.

Nifarii : grande reine de la contrée d'Égyptios.

Obsidienne : roche volcanique vitreuse, grise, verte, rouge ou noire, utilisée entre autres dans la fabrication des lames des couteaux sacrificiels.

Ohayo gozaimass : « bonjour » en japonais.

Ograkks : soldats guerriers des armées de Khonte Khan.

Pactouille : sac à dos d'un mage.

Ptéranodon : dinosaure ou lézard volant de la contrée de Jurassium.

Ravageur : nom donné à Tarass Krikom dans les anciens textes noirs de Drakmor.

Rétiaire : gladiateur armé d'un filet, d'un trident et d'un poignard.

Ryanna : amie de Tarass Krikom. Raison première de cette grande quête.

Sablier : instrument composé de deux vases ovoïdes. Le vase supérieur est rempli de grains de sable et se déverse lentement dans l'autre pour mesurer le temps. Un sablier est l'équivalent d'une heure.

Sifflet de Rhakasa : petit instrument qui émet un son aigu pouvant être entendu partout sur l'atoll de Zoombira.

Shuriken : étoile de ninja, arme.

Sí : « oui » en espagnol.

Tigron : créature mi-tigre, mi-lézard qui vit dans les forêts les plus chaudes et les plus denses de l'atoll.

Trixx Birtoum : ami de Tarass Krikom et de Kayla Xiim. Surnommé Bleu.

Tzunamir : gigantesque créature qui peut prendre la forme d'un raz-de-marée. Uniquement constituée d'eau, elle peut passer à l'attaque une ou deux fois par jour, comme les marées. Cette très étrange créature possède une grande capacité dévastatrice.

Vampelles : femmes aveugles et esclaves de Khonte Khan.

Wakisashi : petite épée du samouraï servant à commettre seppuku ou hara-kiri.

Yomikio : nom du shogun — ou grand général — de Japondo.

Zarkils : grandes créatures meurtrières et sanguinaires au service de Khonte Khan.

Zoombira : nom donné aux continents regroupés sur la terre.

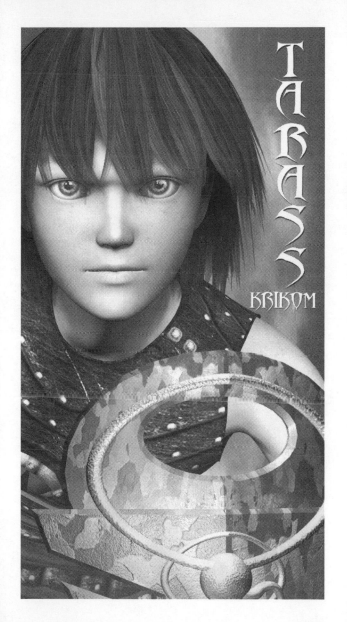

TARASS

KRIKOM

KAYLA XIIM

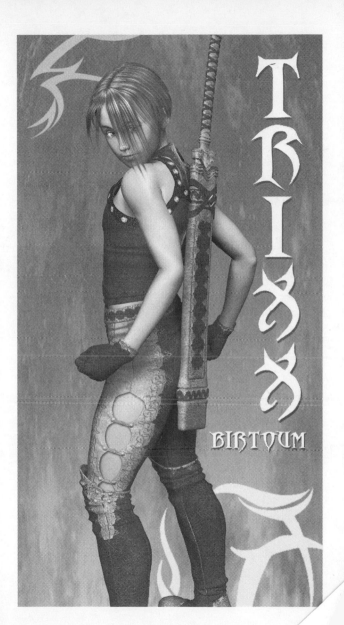

KHVNTE
KHAN